眾神的十月

小路幸也
Shoji Yukiya

すべての神様の十月

目次

幸福的死神

「死神？」

星期五晚上。

距離住處徒步三分鐘，吉祥寺一間我常去的酒吧「戰車」吧檯前，現在正在我身邊津津有味喝著威士忌、喝著波本、喝著我的美格的男人確實這麼說了。

他說自己是死神。

「死神，你是說死掉的死、神仙的神那個死神？」

「沒有錯。」

他仰頭喝乾那杯酒，將酒杯在吧檯上一敲，臉上漾起微笑。

「在日本大家都這麼稱呼我。」

醉了，我一定喝醉了。否則，這個男人如果不是醉了，就是個不該接近的危險人物。

又或者……

可能是因為剛剛在對面喝酒的陌生大叔突然昏倒被送上救護車，店裡亂成一團，我太過驚慌才會變得這麼奇怪。因為那個大叔看起來跟我父親有點像。他不要緊吧？看他倒下後一動也不動，真叫人擔心。雖然我什麼也幫不上忙，只能靜靜在一旁看著。

老爸不知道過得怎麼樣。今年過年我也沒回家，女兒不孝，真是對不起他。不過我過得滿好的。

「要不要再來一杯雙份？」

好啊。

不、其實不好，但也無所謂。

因為這個自稱死神的男人，長得超帥的。

紅格子法蘭絨襯衫搭破牛仔褲、西部牛仔靴，打扮得就像是不知哪來的鄉村歌手，不過卻有一張叫人難以置信英俊又甜美的臉孔。他一彎起嘴角微笑，女警可能會立刻撕碎剛開好的違規停車罰單吧。

「好啊。」

我一點頭，死神真的開心地拿來酒瓶，不過卻一臉彷彿對方是殺父弒母仇人般的表情般，在烈酒杯裡倒上滿滿雙份威士忌。

「這裡得倒滿才行。」

「為什麼不行？」

「這是規定。」

「什麼規定？」

他仰頭一口氣喝盡那杯分量倒得剛剛好的美格威士忌。至少我知道他酒量不錯。

「我們的『規定』。享用人類食物時一定得非常精準。」

「我們？」

「剛剛不是說了嗎。」

「咚！」的一聲，他用力將酒杯放在吧檯上，微笑著。不行不行，看到這表情我會失守的。真是媲美休．傑克曼的甜美微笑。

「我們死神的規則。」

死神。

嗯，這樣嗎，很堅持自己這個定位就是了。而且他剛說「我們」，也就表示這個世界上有很多死神吧？

是嗎是嗎，隨便啦。反正我好像還挺開心的。

就這樣吧。

星期六早上，我發現自己不知什麼時候已經躺在床上睡著。從床上一彈，起身看看枕邊的手機，已經下午一點多了。

「哇！」

出社會第三年我還第一次這樣。本來還以為自己酒量不錯，而且是有自制力的人。臉上的妝好像勉強卸了，不過衣服還是昨天那一身。

「那個……」

我按著頭，真的什麼也記不起來。

「太危險了……」

竟然完全不記得自己怎麼回家的，說不定在哪裡被人怎麼了我都不知道。

我記得……

「應該是在『戰車』喝酒。」

對對對，沒錯。我自己一個人去慶祝了，一邊說我一邊站起來，覺得喉嚨很渴想喝水，在套房裡搖搖晃晃往廚房走去，眼角掃到廚房旁邊的玄關，瞬間全身僵硬。

「咦？」

鞋子擺得整整齊齊。

就在玄關正中央，不偏不倚的正中央。

沒喝醉的時候我脫下鞋都不會擺成這樣，現在竟然整齊到彷彿以公釐為單位測量過。為什麼？就在我滿頭不解時——

轟！記憶甦醒了。那張幾乎叫人一見鍾情的英俊臉龐。

不過……

「死神。」

沒錯，我醉到不成人形。

「是他……」

把我帶回家的。

「就是啊。」

一個聲音從我身後、而且是超近距離發出，我猛一轉身回頭看，是他。

那張甜美的笑臉。

「昨天晚上妳好像喝得很開心呢。」
「好、」
好近，太近了。一個有著甜美笑臉的人，是不是連體味都是香的？玫瑰般的芬芳香氣。
「啊，不好意思。」
死神倏地往斜後方一退，對我微笑。
「畢竟我第一次跟活人這樣說話，不知道該怎麼拿捏距離。」
「活、活人……」
「是啊。」
冷靜。
冷靜一點榎本帆奈。妳好歹也是受到T大遠田教授肯定，堂堂遠田研究課的才女啊。雖然老師提醒過好多次，要我小心酒精。
深呼吸。
「請問……」
「是。」

我試著彎起嘴角微笑。雖然五官沒有眼前這個人精緻，但也是公認的討喜笑臉。

「你一直在我房間嗎？」

「怎麼可能。」

剛剛才來打擾的。他說。

「因為獲得准許可以再來。」

「我嗎？」

是啊。他又露出了微笑。

這……不行，得重新調整一下眼前的局面。

「我方便去洗個臉嗎？」

「請便請便。」

他儼然像在自己家一樣，絲毫沒有猶豫地伸手比向洗手間。動作就像個管家一樣。

冷靜看看，死神跟昨天晚上的裝扮大不相同，換上灰色西裝。而且還不是那種一般店裡買兩件享折扣的貨色，一眼就能看出用了昂貴的布料，剪裁極佳。頭髮也一反昨天的隨性，梳得極平整。不知道他回了哪裡，但確實是先回去了一趟再過來的。

我在IKEA買來的小小綠色茶几上，吃著咖啡、吐司、荷包蛋、蔬菜沙拉這看似簡單早餐的午餐。

兩人份。

因為他說要一起吃。

「昨晚跟今天都接連受妳招待，真不好意思。」

「哪裡。」

不要緊。我知道眼前的狀況奇怪得不得了。我可以理解這個事實。

而我也已經知道，眼前這個人，這個自稱死神的男人是一種超自然的存在。

因為這個人。

他沒有影子。

我這間只有日照良好是最大優點的房間，三面都是對外窗，幾乎一整天都可以曬到太陽，今天又是晴朗的三月初旬，房間不用開暖氣也暖洋洋。

房裡到處都是輪廓清晰的影子，只有這個人，他沒有影子。

這個世界上存在的東西都因為有光線照射，人類才得以認知到其存在。人的眼球只是一個鏡頭，照射在物體上反射出來的光在眼中成像之後，人類的視神經會將光的資訊送給大腦。人腦經過判斷後，認知該物體。毫無例外。也就是說，光照不到的東西眼球就不會產生資訊，因此大腦、人類的視覺便無法認知其存在。而只要是光照到的物體，無一例外都會落下影子。沒有影子、沒有光照但卻又能辨識出的物體，大概就不屬於這個世間。換句話說，在現階段只能說這是種超自然的存在。

是的，不要緊。我的腦袋運作得既理性又正常。

喝了一口咖啡。不要緊。這完全不像平時的宿醉。我的酒精耐受度依然MAX。

「那個……」

「是。」

死神津津有味地嚼著吐司，望向我。不屬於這個世界的人，為什麼能吃下這個世界的吐司？我忍不住問了這個問題。

「能不能稍微解釋一下。」

「解釋什麼呢？」

死神繼續嚼呀嚼。

「你為什麼會在這裡，就是……為什麼會在我們的世界、跟我在一起。」

「一開始是因為妳喝醉了。」

「啊？」

死神稍微瞇起眼看著我。

「昨天晚上大概是太開心了，妳在那間酒吧的吧檯跟酒保玩鬧得很開心吧？」

「是啊。」

確實，我玩得很嗨。無論從創意人角度或一個男人的角度來看，進公司以來我第一次能跟仰慕已久的平面設計師花井正則在同一個小組工作，所以開心得一個人上酒吧慶祝。

我真的打從心裡高興。

「妳跟吧檯裡的酒保乾杯了吧？然後用力高高舉起裝有美格威士忌的酒

杯對吧？當時杯子搖晃，稍微、不對，應該說完全潑到了隔壁座位上，對吧？」

他描述得很細，不過確實沒有錯。我想起來了。我還一邊道歉、一邊拿出手帕擦拭。

「我當時就在那裡。」

「什麼？」

「我就坐在妳身邊的高凳上。當然，本來是你們都看不到也摸不到我的狀態。不過因為妳從我頭上淋下威士忌，妳才看得見我。」

這是什麼意思？

「有這種規則？」

「有這種規則。說得好懂一點，妳從我頭頂獻上威士忌來召喚我。供品總是少不了酒，不是嗎？」

召喚。

原來如此。我平時也玩遊戲，這個概念不難理解。

「順帶一提，妳之所以能一直看見我，都是因為妳請我喝了威士忌。妳召喚了我，又簽訂了契約。再說得更清楚一點，酒保和周圍的客人對於突然出現在吧檯的我都不覺得奇怪，是因為他們以為我打從一開始就跟妳在一起。」

「你的意思是這樣吧。」

死神具有讓大家深信不疑的力量。

「你的意思是這樣沒錯吧？」

「妳的悟性很高。」

被這樣稱讚固然開心，不過總之我算是掌握狀況了。這麼一來吐司、沙拉、荷包蛋也算是能吃得下了。第一階段通過。

「我第一次吃人類的食物。」

死神很開心，而且還端正了坐姿對我這麼說。他吃東西的樣子很有規矩，拿起筷子優雅到讓我看了都覺得汗顏。

「所以……」

喝了口咖啡，我問道。該吃的東西吃了，進入我理解的第二階段。

「你為什麼會在那裡？」

他一臉意外。

「為了工作。」

「工作？」

「不記得了嗎？當時有個倒地的中年男人。」

對了！我想起來了。

「所以……」

我不自覺地往後縮。

「那個人死了？被你殺死了？」

死神面露哀傷，他帶著這樣的表情苦笑著說：

「我很清楚妳會有這種誤解，不過現在我也有點理解，人類為什麼會因為被人當面說這種話感到難過。」

「可是……」

死神不就是這樣嗎？會把人帶到死亡的世界去啊，會奪走人的生命啊。

「不是嗎？」

「不是。」

他說得很篤定。

「人會死是因為壽命將盡。這是天命、是命運。我們死神並沒有剝奪，也沒有殺害人命。這一點至少希望妳可以分清楚。」

「那你們死神……」

到底是做什麼的？

「你們不是一定會出現在人死的地方，把人帶到死後世界去嗎？」

「我們一定會出現在人死的地方，但不會把人帶到死後世界去。」

「不會嗎？」

他用力點點頭。

「我們的任務只是在當場親眼確認這個人真的死了。簡單地說，就是送終而已。」

「為什麼要這麼做？」

死神稍微歪著頭。

「妳進入廣告公司這個地方工作已經第三年了，明年就要滿二十六歲，是個能獨當一面的社會人士、成熟的女性。妳應該能了解何謂工作吧？」

「我自己是這麼覺得啦。」

「工作必須要完成，要讓工作得以成立才行。對嗎？」

這沒有錯。

「這個世界上無論任何工作都一樣。例如妳發案給插畫家的畫，妳判斷插畫家畫好的作品『合格』。這樣工作算『完成』嗎？」

「不算啊，要等上司或者客戶覺得過關才行。」

「沒有錯。上司和客戶覺得過關，而且將這幅畫運用在某種媒體上，真正問世後工作才算『完成』是吧？另外，還要等費用等後續業務都處理完，妳才會判斷一項工作已經『成立』。」

確實是這樣。

他說得一點都沒有錯。

「同樣的道理。我們的工作必須一直等到確認死亡已經完成、真正成立之後才算完結。我們得確認這個人類的肉體活動結束，生命終結。否則『死』就不算完成。我們就像是棒球的主審、足球的裁判。我們必須要站在這個人的人生遊戲最後的終點鳴笛吹哨。」

他盯著我的眼睛，接著繼續說：

「否則『死』就不算成立，也就等於沒有完成。」

「那當你在旁邊確認『死』已經成立後，那個人會怎麼樣？」

「沒有怎麼樣，他已經死了啊。」

我不是問這個。

「靈魂不是會去死後的世界什麼的嗎？」

這個世界上好幾億人都好奇的問題說不定我即將要知道答案了？

「不知道。」

我忍不住綜藝摔了一下，大家總說我這個人綜藝感很夠。

「死神為什麼不知道？」

「這也是一種誤解。我已經說過很多次了，我們的工作並不是將人類的靈魂帶到死後世界。我甚至不知道到底有沒有靈魂這種東西。『死』就是『死』。肉體細胞停止一切生命活動。僅此而已，沒有更多的意義了。」

「那……」

這個他剛剛也說過了。

「你說你的工作是確認死亡完成，那這件事要向誰報告？你有所謂的上司嗎？」

死神扯起嘴角微笑。

「這我不能說。」

不能說？都說到這裡了耶。

「都長這麼大了，妳總該知道這世界上很多事不知道比較好吧？」

確實是這樣啦。

「但是你們人類應該都知道吧。」

「知道什麼？」

死神抬頭看著天花板，我也不由得跟他一起仰起頭。

「神確實存在某個地方。」

☆

在那之後，死神開始會突然出現在我面前。

他會理所當然坐在酒吧吧檯前我旁邊的高凳上。據說他只能自由出現在這裡跟我家兩個地方。

沒有錯，因為我給了他許可。

聽說他們的規矩就是這樣。他說我畢竟是單身女子，出現在我房間太過失禮，所以刻意避開了。還真是謝謝你的體貼啊。

不過如果他像電影或漫畫裡那樣「噔！」一聲突然出現，或許還真像回事，但這位死神總是正常地推門進來，就像跟我約好在這裡一樣。不只是我一個人的時候，我跟真實子或者小克喝酒的時候他也會像這樣現身，喝兩杯我的美格後再回去。我也不知道他要回哪裡去。

我百分之一百二十知道他具備不可思議的能力。

因為不管酒吧老闆、真實子或者小克，都對死神的出現毫不存疑，笑著招呼他晚安，親暱地交談飲酒，然後互道再見。可是等死神離開後就再也沒有人提起這個話題，彷彿他根本沒存在過一樣。

只有我一個人記得。這種功能還真是方便。

今天下班後我照例想繞去「戰車」喝一杯再回家，他又出現了。而且又是一臉理所當然。

今天他身穿黑色牛仔褲搭騎士皮夾克。每次都打扮得挺時髦，看來他們服裝上的規定還挺自由的？

「欸。」

「什麼事？」

「你今天也去見證人家的死了嗎？確認過了？」

聽到我的問題，他稍稍微笑地點點頭。

「畢竟是我的工作啊。」

「今天死的只有一個人？」

他搖搖頭。

「很多位呢，白天晚上都有。」

好像不該多問？可是……

「這工作不難受嗎？」

跟我這樣聊天的死神是個很溫柔的人。

作風紳士，話題也源源不絕。也就是說，他看起來充滿人味，是個好人。這樣說聽起來好像很奇怪。但真的是這樣。他是個很得體的人。可能在我目前為止認識的男人中算數一數二的好人。當然啦，跟他爭一二的就是花井先生。

「難受？」

「對啊。」

他苦笑了一下。

「也對，如果站在人類的角度，可能很難受吧。」

「是吧？」

「因為我們就只做這件事。」

只做這件事。

「我之前也說過，我們對時間的感覺跟你們不一樣。所以『一整天』這種說法或許不太正確，不過以你們的感覺來說，我們一直在確認人的死亡。除此之外不做別的事，一直都是這樣。」

愈聽愈覺得辛苦。

「不過呢，」

死神又露出苦笑。

「我們雖然很了解人類，可是人類的感覺是無法套用在我們身上的，難受、悲傷、寂寞等等，我們幾乎不會存在這些情感，所以不用擔心這件事。」

是這樣的嗎？

至少在我身邊津津有味啜飲著威士忌的死神，看起來情感很豐富啊？

☆

時光飛逝。

就算我認識了死神這樣一個在不管多親的朋友或情人面前都不能說起的新朋友，每天還是得上班。我們每一天都得在不景氣中奮力搏鬥，竭盡全力投身工作。我們得想盡辦法存活下去。

回想起來，開始跟花井先生在同一組工作，跟我遇到死神幾乎是同一天。

在那之後已經過了一年多。

難以置信的是，花井先生竟然提出要跟我交往，我驚訝不已，但當然點頭答應了。

我們成為男女朋友。

日子過得十分充實，順利得不能更順利。

「你是不是很累啊？」

那天晚上的死神感覺跟平時不太一樣。聽到我的問題他顯得有一點驚訝。

「看得出來嗎？」

「有點。」

時間過得很快，我們已經算不出這樣並肩一起喝酒到底有幾十次了。一起坐在吧檯前的時間通常大約是十五分鐘，長的話也只有三十分鐘左右，一起喝了這麼多次酒、聊了那麼多，要看出對方的變化當然不難。

死神聽我這麼說微笑了起來。他那張甜美的笑臉，要不是我已經有了喜歡的人真的會馬上淪陷。

「工作很辛苦嗎？」

「看起來像是這樣嗎？」

「像。」

一起喝酒的時候，不管是多麼熱鬧開心的宴會，我覺得都可以看出人許多情感。因為酒精會舒緩平常緊繃的屏障。雖然我不確定死神喝酒會不會醉。

「我好像一時投入過頭，干預太多妳的事了。」

啊？

「什麼意思？」

他輕輕嘆了口氣，從口袋掏出菸。他之前從來沒抽過菸的。

「介意嗎？」

「請便。」

店裡沒有禁菸。我不抽菸，不過喜歡看一邊喝酒、一邊沉醉著抽菸的人。他點了火，呼地吐出一口煙。

「之前告訴過妳，這是我第一次體驗人類的生活。因為以前沒有人對我從頭淋下威士忌。」

我想也是。

「我們負責看著人類死去，就這樣過著幾十年、幾百年。」

嗯，這以前聽過了。他確實這麼說過。他還說，有些死神根本數不清自己做了幾百年。當然，死神的時間感覺跟我們不一樣，根本沒必要兩相比較然後大驚小怪。就像拿蟬的壽命跟人類壽命相比一樣，完全沒有意義。

對了，我好像還沒有問過。

「你呢？以人類來說你大概幾歲了？」

「我開始當死神，以人類的時間基準來說差不多兩百九十五年吧，所以算起來我現在可以說兩百九十五歲了。」

兩百九十五年。

死神只作為死神而存在。

沒有誕生，也沒有死亡。

跟人類不同，他們並沒有出生、成長的過程。他們從頭到尾都只是「死神」。所以用兩百九十五歲來表現這兩百九十五年，或許也不太對。

「帆奈小姐最近很幸福吧。」

「啊？」

「跟花井先生兩情相悅啊。」

「你為什麼知道！」

我明明還沒有說啊。以前確實提過我在單戀對方。

「妳的事我都知道，畢竟妳跟我簽了約。」

是嗎？

「真是太好了。」

他的笑臉表現出的不是挖苦，而是發自內心在恭喜我。

「謝啦。」

「當然，我想帆奈小姐的心願應該是可以跟花井先生結婚，過著幸福的生活，總之，這個心願的開頭現在已經實現了。」

「也沒有啦。」

說起結婚，雖然他沒說錯，我卻忍不住紅了臉頰。可是這跟你今天有沒有精神有什麼關係呢？

該不會？

「你不會喜歡上我了吧？」

「那不可能。」

哼哼哼。他哼笑著否定了。看他這樣我也是有點、不，相當不甘心。

「看到妳過得幸福，就覺得這段時間很有意義。畢竟我們是無法感受到幸福的。」

「無法感受到幸福？」

「沒錯。」

他之前是不是也說過類似的事？

「所以說人類會有的這些感覺，你們雖然可以理解，但是卻無法感覺？」

死神微偏著頭，淒然一笑。

「對人來說，到底什麼是幸福呢？」

這……該怎麼說呢……

「我現在很幸福啊。」

「我想應該是吧。」

嗯，我很幸福。喜歡的人說他喜歡我，我們兩情相悅。雖然工作上也有討厭的事，不過挺充實的。

「這樣應該叫做幸福吧。」

「應該是吧。」

其他還有很多幸福的事。

「比方說吃到美食、跟好朋友聊天、看到有趣的電影這些時候。」

什麼都好。早上起床覺得自己睡得很飽，這也是一種幸福。假日時天氣很好，很適合洗衣服，看到附近孩子在開心嬉鬧，敞開的窗戶吹進舒適的涼風。

能夠每天過著這種日子，非常幸福。

這個世界上有很多小幸福和大幸福。也有些幸福我們沒有發現，擦身而過之後回想起來，才發現當時其實很幸福。

「我覺得妳說得很對。」

死神微笑著，慢慢地大幅點頭。

「我知道人類的生活是什麼樣子，我們都知道。」

死神繼續說，不管悲傷的事、難受的事、痛苦的事，他們全都知道。

「一個人的人生中，會降臨很多悲傷、難受跟痛苦。但是也一樣會有許多幸福。有些幸福可能因為太過渺小、太過理所當然，所以不容易被發現。而且不幸會刺穿人的心，但是真正的幸福只會靜靜到來、悄悄陪伴。所以……」

他說人類或許沒有發覺，但其實我們每天都接觸到許多幸福。

「嗯。」

總覺得好像有什麼東西觸動了我的心。

「真的是這樣。」

我覺得一點也沒錯。

「帆奈小姐。」

「什麼？」

死神看著我。

「我們無法感受到那種幸福，因為那對我們來說並不需要。可是只有一個瞬間，死神可以感受到幸福，能夠擁有相同的心情。」

「真的嗎？」

那會是什麼時候？

「誕生。」

「誕生？」

他篤定地點點頭。

「我們的工作是確認人類的死亡，絕對無法看到人的誕生。我們不可能看到這種場面、絕對沒辦法。」

死神說，這是他們的宿命。

「我們並不能隨隨便便想到哪裡就到哪裡，而是只能出現在有人將死的地方，這就是我們存在的意義。我之所以能跟妳一起待在酒吧，是因為妳召喚了我，而且還訂下了契約。只是因為淋了威士忌，聽起來好像很荒唐，其實這幾乎是一種奇蹟。」

是嗎？

但聽他這麼說好像真的是如此。

死神只是為了確認那個大叔的死才剛好在場，而且聽酒吧老闆說，那個大叔不是常客，是第一次到店裡來的客人。而我剛好在現場。跟花井先生進了同一個小組也碰巧是那一天，因為太嗨灑出威士忌也是碰巧。

而我就這樣碰巧地將威士忌淋在死神身上。

一切都是近乎奇蹟般的偶然，所以死神才能像現在這樣跟我交談。

除了人迎接死亡以外，他開始可以來到其他地方。

「一般死神能去的，只有人死的地方。我們能面對的只有死亡。所以……」

假如能遇見跟死亡完全相反，人類誕生的場面，就能感受到幸福。

「這件事就像流傳在我們之間的傳說。聽說看到誕生的瞬間，我們死神可以感受從存在到消失之間完全無法感受的幸福。」

死神筆直地望著我的眼睛。

我覺得好像第一次碰觸到死神的某些部分。已經看過好幾十次的那對眼睛後方，似乎有什麼東西在動搖。

誕生。

假如可以看見人出生的瞬間，死神就能感受到幸福。那麼……

「死神？」

「是。」

「你之後也會像這樣來見我吧？」

「如果妳要我別再來，我就不會出現了。」

我才不會這麼無情。

「如果我說你可以來其他地方，那你能來嗎？」

「可以，因為我跟妳有契約，只要獲得妳的許可，不管哪裡我都會去。」

「就算是婦產科也可以？」

「啊？」

雖然現在開始想像這些我也有點難為情。

「我一定會幸福地結婚、生孩子。」

我會召喚你到婦產科來。

「我會讓你看到我的孩子誕生的那個瞬間。」

我要讓你覺得幸福。

「這……」

他的表情很驚訝。

「為什麼？」

「為什麼？因為我們是朋友啊。」

想替朋友的幸福做點什麼，這不是人之常情嗎？

☆

在嬰兒的哭聲，我孩子的哭聲中，他臉上露出好開心的微笑。

「恭喜妳。」

死神在微笑。

「謝謝。」

現場有醫生、護理師，很多人在，但沒有人發現死神的存在。他們雖然聽到了我們的對話，但死神一走，大家馬上就會忘記。

死神緩緩吐出一口氣，看起來十分滿足。

「帆奈小姐？」

「怎麼了？」

「我要跟妳道別了。」

什麼？

「我真的很高興。我想這種感覺一定就是幸福吧。」
「你怎麼了？」
好淡。
死神，你的顏色變得好淡，好像漸漸在消失一樣。
「死神？」
「我們不能出現在誕生的地方，這是不被允許的。假如出現在誕生的那一瞬間，我們的存在就會消失。」
「為什麼？」
這他之前可沒說。
「你不是說會感到幸福嗎？假如能看到人的出生、能看到我的孩子，就可以感受到一般死神絕對無法感受的幸福，不是嗎？」
他說，想知道幸福是什麼。
死神彎起嘴角一笑，露出俊美迷人的表情。
「對不起，我說了謊。」
「為什麼？」

「我們死神是無法消失的。」
「消失？」
對人類來說，死神必須在漫長久遠到無法想像的時間中，一直出現在人死的那一瞬間，確認人的死亡。
永遠持續的工作。
死神存在的意義，僅此而已。
「我們的『幸福』，就是消失，擺脫死神的責任。唯有這才是我們的『幸福』。而且……」
而且唯一消失的方法，就是目睹誕生的瞬間。
我想消失。
死神這麼說著，身影也漸漸稀薄。
「怎麼可以……」
怎麼可以這樣？
什麼叫消失？
「謝謝妳，帆奈小姐。」

「死神？」

「我最後終於知道了。」

「知道什麼？」

不只是消失。死神的幸福，不只是這件事。

他這麼對我說：

「生命的誕生太美妙、太令人開心了。真的太幸福了啊，帆奈小姐。」

他說，這一切很美妙。

你那是什麼，眼淚嗎？你在哭？這是喜極而泣？

「能夠看到妳孩子出生的瞬間，我真的很開心。降生在這個世界的生命，本身就是那麼可愛。我現在真切地感受到這一點。我感受到了喜悅。而這就是……」

就是幸福。

死神將手放在胸前，這麼說道。

「幸福。」

我現在很幸福。

這句話隨風而逝。

死神的身影也同時消逝。

怎麼會這樣？

「死神！」

你叫什麼名字？

之前我從來沒問過。因為你沒說，我也覺得冒昧地問好像很失禮。一方面也覺得，或許死神並沒有所謂的名字，所以到目前為止都沒有問過他。

你叫什麼名字？

我沒有名字。

那……那！

我把這孩子的名字送給你。

送給我？

對。我剛剛決定了這孩子的名字。

☆

「叫什麼名字啊？」

爸爸媽媽、公公婆婆，還有我最愛的先生正則。大家都說，我生了個可愛的男孩。

「決定了嗎？」

婆婆問正則。

「還沒。我們想等生下來之後兩個人看了孩子的臉再決定。」

「喔，這樣啊。」

沒有錯，我們確實是這樣說好的。

「正則。」

「嗯？」

「剛剛看到孩子的臉，有個名字突然出現在我腦中。」

喔喔？公公微笑地看著我。

「這種靈感很重要呢。」

正則也笑了。

「是什麼名字？」

「就是……」

死神啊。

你聽到了嗎？剛剛我說了這孩子的名字，那也是替你取的。跟這孩子一樣的名字。

可以吧？

我一點也不覺得這樣不吉利。因為你真的是個好人。比一般的人類更像個人、更溫柔。

我希望這孩子也可以成為這樣的人。可以了解別人的喜悅、悲傷、痛苦，還有所有的不幸福與幸福。我希望他成為一個懂得感受的人。

所以我替你跟這孩子，取了相同的名字。

這能不能成為你另一件幸福的事呢？

應該會吧？

反正我就先替你決定了。

如果你願意、如果還有可能，請你在我死的瞬間出現吧。
我一定會過著幸福的人生，然後帶著滿足的笑臉死去。
你要來見我、來送我一程。
請來看看我，然後對我說聲：「好久不見。」

窮神的災難

「仔細想想，我家以前很窮呢。」

迴轉壽司店的座位區，我跟大庭先生面對面坐著，先拿了一盤鮪魚大腹肉塞進嘴裡。

「好吃！」

好久沒吃鮪魚大腹肉了，於是我開啟了這個話題。

「之前很窮嗎？」

大庭先生拿了盤鮭魚，一邊問我。

「就是啊。」

以前真的很窮。其實現在也沒什麼不一樣。嗯，想想還真的是這樣。

這種事情也沒什麼好獻醜的，算是茶餘飯後可以拿來聊的話題吧，反正也剛好在壽司店裡。

但是我小時候沒怎麼在意過這件事。

因為我很正常地上了幼兒園跟小學，聖誕節時聖誕老公公會送玩具來，雖然有時候送的東西有點微妙，每個月全家還會外食一次。

的。說是外食，也不過就是像這種會轉的壽司或者家庭式餐廳、拉麵店之類不過對小孩子來說這樣就已經足夠開心了不是嗎？對，光是晚上要出門，就單純地覺得高興。全家一起外出吃飯。

現在的我可以了解，那是老爸老媽為了讓我開心，每天一點一滴地節省下來，盡了他們最大的努力才能辦到。

其實我現在又回老家了。

沒錯沒錯，工作丟了之後我馬上把公寓退租逃了回來。不會吧！老爸老媽都訝異得說不出話，但是大家不是常說嗎？當媽的看到兒子回家都會很開心啊。但我可不是看準我媽這一點才回來的喔。

我老家是一棟木造房子，很平凡的老舊兩層樓高房屋。啊，一樓是車庫，這樣應該算三層樓吧？就是那種房子。

在我出生之前，應該說從老爸老媽結婚之後他們就一直住在這間房子裡，算算大概快三十年了吧，三十年都住在同一個房子裡，真的太猛了。不過房東好像是個很細心的人，雖然沒有大規模翻新，但該修補的地方都修補了，看上去房子並不會顯得老舊。雖然不顯老舊，但也稱不上高級啦。鐵製階梯已經不知道重塗了多少次油漆，塗裝處處斑駁，一樓車庫不知道哪裡漏了水，家裡地板也到處都有歪斜的痕跡。

其實就是每個城市的平凡住宅區裡，處處可見已經有年份的老房子。

我們一家三口一直住在這裡。

有個跟我很要好的同學家裡是豪宅。我真的覺得他家很有錢。他爸媽身上穿的衣服看起來也都很高級，總之各種大小地方都跟我家不一樣。

不過這應該很正常吧？這個世界上本來就會有各種不同的家庭啊。

小時候不太可能有人感嘆，「我家為什麼這麼窮」吧？雖然會羨慕那些遊戲愛買多少就買多少的同學，可是並不至於怨恨自己家的貧窮，或者感嘆世間無情？

等到上了中學，開始了解成人社會的結構，就會知道以自己老爸的工作，不管再怎麼努力，拿到的收入頂多就只能過這樣的生活，自然也不會抱太多希望了。

心裡會暗自接受，這個世界就是這樣。

用「貧窮」這兩個字或許不太好聽，但我從來沒有因為家裡屬於低所得層而覺得不滿或怨嘆。我只是覺得，嗯，我家就是這樣。

畢竟老爸老媽每天都很努力。

不管生活再怎麼苦，他們都還是會笑著看待。

我老爸是個修車工人。對對對，穿著連身工作裝、渾身油污，每天從早到晚都在修車。

工廠很小。好像跟某間大公司合作，才勉強可以維持經營的小修車廠。

我小時候也常去工廠玩，把在那裡撿到的螺絲或者壞掉的工具當作玩具。現在應該還收在家裡某個角落吧。

老爸有時還會帶些車廠出的紀念品回來，我每次都很期待。沒錯，窮人自有窮人找樂子的方法。工廠裡的員工也不多，公司就像個大家庭，學校運動會時社長還會帶很多點心糖果來給我們。

你看，這樣回顧起來，一點都不覺得日子過得很貧窮吧？大人雖然很辛苦，不過小孩的生活其實就是這麼回事。

我老爸只有中學畢業。

對，他只念到中學。不過他很勤奮，開始工作後努力念書，考到了高中畢業的同等學力。老爸一張臉長得四四方方。對對對，我長得像媽媽。老爸這個人的個性就像他那張四四方方的臉一樣，非常嚴肅不苟言笑。有時候我都不禁覺得，這種性格的老爸怎麼會生出像我這樣吊兒郎當的兒子？

他每天都千篇一律在固定時間起床，挺直了背脊把早餐乾淨吃到一粒米都不剩，然後合掌行禮：「我吃飽了。」出門前會對著掛在臥室牆上高處的神壇拍手合掌，閉上雙目祈禱，最後對老媽說：「我走嘍！」才離開。對我則是一臉嚴肅：「要好好用功！」直到現在他還是會對我說：「要好好用功！」拜託，你兒子都二十五歲了耶？

現在還有多少人家裡有神壇的？不、我家沒有信什麼新興宗教，不是那種，我家神壇上只放了附近除了老舊之外沒有其他特色的神社求來的御札。連神壇本身都是從量販店買來的小尺寸。我後來才覺得驚訝，原來量販店裡竟然可以買到神壇。

因為我老爸是修車工，這一行當然每天都要面對車，除了車輛的維修保養之外，實際上每天的工作要修理大量的事故車。幾乎天天都會有事故車送進車廠。

老爸常說，自己幹這一行就是把其他人身上發生的當作生意材料。這樣說確實也沒錯啦，但是犯不著這樣想吧？如果真要這樣講，那醫生、拉保險的、警察這些，不也都是靠其他人的不幸來維生嗎？對啦，把這些說成買賣一定會挨罵的。

總之，正因為這樣，所以老爸向來覺得應該要好好感謝、拜託神明。

我想這就像是他的信念吧。

老爸每天早上都會祈禱，希望這個世界上不再出現不幸的交通意外。萬一不幸發生了，也希望只有車子壞掉就好，車上的人或者被捲入事故的人都可以平安無事。可是如果真的不再有事故，他的生意可就賺不了錢了啊。

老爸就是這種老實人。

我覺得他人真的很善良。

不過，你試試看跟這樣的老爸一年三百六十五天一起生活吧，真的會很窒息。

我都懷疑，自己會這麼吊兒郎當、這麼窩囊，會不會就是因為這樣。

啊，不是不是，我沒有要歸咎到老爸身上。是啦，會變成這樣一切都要怪我自己。我是真心這樣想的。

嗯，這方面我可能繼承了老爸的個性吧。明明吊兒郎當，卻還有認真老實的一面。這大概就是所謂的DNA吧。

老媽這種人真的非常厲害。不覺得嗎？

自從我開始一個人生活之後就更加這麼覺得，每天打掃、煮飯、買東西這些事真的很辛苦。

而且我家老媽還跟老爸這種老古板結婚生下了我，窮到捉襟見肘的生活中她卻從來沒有哀嘆過自己的不幸。

我聽說過他們兩個人結婚時的事，那也很能代表老爸這個人的老實性格。聽說當初外公不答應他們的婚事，他知道嫁給一個只有中學畢業的人未來會有多辛苦。確實沒錯啦，畢竟連我也這麼想。不過老爸他很堅持這一點，無論如何都要爭取外公外婆答應。其實他們都已經成人了，大可兩個人自己辦個婚禮什麼的就成了。

他到外公面前求了好幾次，最後外公也被他的誠實打動，答應他如果一邊工作一邊拿到高中畢業的同等學力就允許他們結婚。沒錯沒錯，老爸拿到高中同等學力，就是因為跟外公的約定。

很認真吧？真的太厲害了。現在我才知道老爸真的很值得尊敬。

他們就這樣結婚了，不過不出所料，老爸的薪水不高，我想老媽應該吃了不少苦。

儘管如此，她還是每天早起替老爸和我做便當，洗衣、打掃，把夾報傳單看得滾瓜爛熟，還搭配網路搜尋，不管多遠的超市都會踩著腳踏車奔去，哪怕只少一塊錢也要買到更便宜的東西。為了讓我們吃到便宜又美味的飯菜，她每天都非常努力。我想一直到現在應該都是這樣。

但是她一點都不以為苦，總是帶著開朗的笑臉來面對，從來都不說喪氣話。或許背地裡也會一個人偷偷掉眼淚吧，但至少在我面前從來不會表現出這種樣子。身上的衣服老是那幾件，冬天的外套還是我小時候穿過的，她一直很愛惜，現在還在穿。

我用薪水、對，我的薪水，給老媽買了一件冬天的大衣。為了想買一件好一點的，我存了很久的錢。結果我看到她偷偷哭了。不過我假裝沒看到。她應該很高興吧，我看了也忍不住眼睛一熱。老爸板著一張臉，可是從後面突然用力揉揉我的頭，大概自以為在摸我的頭吧。我又不是小孩子了。

我曾經問過老媽，這種生活過得滿足嗎？跟個性認真但是沒什麼出息的老爸結婚不後悔嗎？啊，說他沒出息好像很難聽，我是指他錢賺得不多的意思啦。

其實也沒有那麼嚴肅，我說出口的話，當然像是半開玩笑一樣。結果你們猜我媽說什麼？「人如果要求太多會遭天譴的。」遭天譴？妳是老太婆嗎？

這個世界上有人想工作卻無法工作。海外有些國家的人連正常的生活都是奢求。從這些人的角度來看，我們有地方可住，有每個月可以領到薪水的工作，有東西能填飽肚子，有你爸，有你。

還有比這更幸福的事嗎？

說著，老媽笑了。

簡直是婦女的榜樣。我爸媽就是這樣一對好到令人難以置信的善人。

「真的是很棒的父母親呢。」

大庭先生喝著茶，非常感動地這麼說。我是不是話太多了？不過在大庭先生面前就是會忍不住想講話。從我們第一次見面我就這麼覺得。他人真的很好。

「就是啊。我當然很感謝爸媽，他們養我到這麼大，現在還讓我賴在家裡。」

「在這樣的生活中還送你上了大學呢。」

沒錯沒錯。老爸自己只念到中學畢業，雖然拿到高中同等學力，但還是因為學歷的關係吃了些苦。他不希望兒子也嚐到一樣的辛苦，所以從以前就一直對我說，至少得念完大學才行。

「但是說真的，能上個還過得去的大學，靠的還是我自己的實力吧。」

是嗎？大庭先生苦笑了起來。

「你不是說只是因為猜題猜對，運氣好而已嗎？」

「喔？我這樣說過嗎？」

我也笑了。

對，別看我這個樣子，好歹也是國立大學畢業，比較不花錢的學校。這一點我非常堅持。我家這麼窮，不可能供我上私立。

不過我也不算特別會念書的人。

「我做事情很得要領。學校成績本來就還不錯，但全都是考試之前抱佛腳勉強拿到的。」

「那是因為你基礎好啊。」

大庭先生說，要有足夠的專注力和靈活的頭腦，才有辦法靠抱佛腳考出好成績。這話確實也有道理。

我幾乎沒有為了考大學特別念什麼書，因為時間都拿去打工了。上了高中，會有很多想要的東西，跟父母親要是不可能的，只能靠自己賺錢。

但是入學考之前我還是有自覺不念書不行，幾乎都在前一天熬夜抱佛腳。好啦，這樣說也太誇張了。大概認真念書念了一兩個月吧。

「但是我真的很驚訝，沒想到我猜的題目考試幾乎全都出現了。」

真的，真的很奇妙。考試前一天晚上，我做著考古題，猜想這些可能會出現吧，結果真的都出了。

所以我才能順利考上。高中老師也嚇了一跳，老師一直說這是奇蹟，還哭了。

「我從小運氣就不錯。」

真的。

「你知道扭蛋嗎？」

「喔，知道啊，你說裝在塑膠膠囊裡面那種？」

「對對對。」

只要是我想要的東西，只要轉一次就一定可以拿到。玩一次扭蛋要一百日圓或兩百日圓，我不可能轉太多次，沒想到一發即中！我想要的款式真的都能扭到。

小時候流行的卡片，只要我買，裡面就一定會放著很難得的稀有款式。老媽叫我去買彩券，只買了一張就中過十萬日圓。我們全家用那筆錢去溫泉區旅行。另外商店街抽獎時老媽都叫我去抽，因為一定會中獎。

「但是抽中的都是二等或三等獎，這好運也實在有點微妙。」

我這人不中用、吊兒郎當，腦袋不算太行，長相相當普通。然後家裡還窮。

但是我依然沒有走偏，平穩順利地度過目前為止的人生，我覺得都要歸功於這些小小的幸運。

「我自己覺得，這就是所謂的『小吉人生』。」

「小吉？」

大庭先生又笑了。

「可能吧，但我想更重要的是因為你有一對好父母吧。」

「嗯，也是啦。」

「為了你父母親，接下來也得努力找工作才行。」

「嗯，話是沒錯啦。」

「這方面我也幫不上忙，真的很抱歉。」

「你胡說些什麼。」

大庭先生一點也不需要覺得抱歉。今天還是他請客，其實他根本不需要這麼做。

「不過找工作這方面我運氣似乎不太好。我知道之前被炒是因為自己態度不好啦。」

這我知道，當然知道。

都出社會了，不能一天到晚發脾氣、不能動手打上司。這些事不用別人說我也知道。我也不是愛動手的人。雖然吊兒郎當，但我就是個非常平凡普通的年輕人。我知道自己有莫名的強烈正義感，看到別人做壞事就無法忍受，手動得比嘴巴快。

知道是知道啦，但這一點真的很難改。

「雖然你要我別提，但畢竟是我害你丟掉工作的。」

大庭先生很歉疚地說，可是真的不是這樣。

「不不不，我說過很多次了，你一點錯都沒有，懂嗎？發脾氣動手打部長的人是我，我這麼做不是為了你，就結果來說可能是吧，可是我真的只是為了自己。是我自己無法接受。」

我很生氣，真的很生氣。

這是我大學畢業之後第三份工作。大庭先生是我部門直屬的主管。對，這是我第三份工作。明明我大學畢業也才過了三年。

第一份和第二份工作呢？一樣是被開除的。

我可不是工作能力不好。我為人機靈、個性開朗，也很擅長跟人相處，算是事事能幹的員工。

親眼看到上司對跟我同期入職的女孩性騷擾所以揪著他胸口把人甩出去讓對方腿骨骨折，舉報上司將自己過失推給科長害得科長因壓力住院後還想把人家開除，結果反而是我被社長找去。

就是這樣，我就是因為這種事才被開除的，公司就是這樣。

我並不後悔，因為我沒做錯什麼事。但是我自己也覺得行事可以再沉穩一點啦。

「這已經是第三次，我都習慣了。」

這次我又被開除了。

我一拳揮在若無其事把錯誤推給大庭先生的女上司臉上。這次的錯誤會導致公司好幾百萬的損失。跟大庭先生一起工作的我，十分清楚他一點責任也沒有。

女人我照打，在這種事情上我不會因為對方是女人就手下留情。對，這點不太好。平常我不會這樣，對女孩子通常都很溫柔，可是這種時候手總是比嘴巴動得快。

大庭先生露出了苦笑。

現在會像這樣讓對方請客，也是因為大庭先生堅持他無論如何都要道謝。其實根本不需要。

「可是這樣看來你運氣還是不錯啊。」

「怎麼說？」

都被三間公司開除了，運氣哪裡好？

「你看喔。」

大庭先生將比目魚放進嘴裡。

「表面上看起來你好像惹了不少事、被公司開除，可是你想進的公司也全部進了。人事部門應該也都查過你為什麼離開上一間公司才對。」

喔？

「對耶。」

這一點我倒是沒想過。

確實沒有錯。目前為止我去的三間公司都算是一流企業。人事負責人一定會去照會之前的公司。經過照會之後他們還願意錄用我。

「我以前沒想過這個問題，為什麼會這樣呢？」

照理來說通常公司應該不會想錄用引發這種問題的人吧。

「應該要感謝你的『小吉人生』吧。」

大庭先生一臉嚴肅。

「是嗎？」

或許是吧。

「原來我在這方面也過著小吉人生啊。」

原來如此。他叫我別客氣，所以我又伸手拿了一盤鮪魚大腹肉。

「我吃這麼多，真的不要緊嗎？」

「沒關係，儘管挑貴的吃！」

我請他繼續說，大庭先生用力點了點頭。

「你以後不會有問題的。」

「什麼意思？」

這間迴轉壽司味道真不錯。等我找到下一份工作、領到薪水，也帶老爸老媽來吧。

「往後的人生不管怎麼樣，你都不會有事的。我就是有這種預感。」

大庭先生的眼神認真卻帶著點微笑。大庭先生這個人看起來只是個不太起眼的大叔，但怎麼說呢，總覺得他眼神很有力量。從第一次見到他我就這麼想。

「是嗎？」

「是的，雖然我跟你保證也沒有什麼意義，但是我可以跟你保證。」

你不會有問題的。

大庭先生重複說了好幾次。真的，是這樣嗎？

「聽你這麼說，我好像也有了點自信，但不能這樣對吧？不然我又要過著吊兒郎當的日子了。」

「你這樣就很好。」

你就維持現在這個樣子。說著，他將鮭魚放進嘴裡。

「今天真是讓你破費了！」

「別客氣。」

我們吃得很飽，離開了迴轉壽司店。

「對了池內，」

「是。」

大庭先生對我伸出手。

「怎麼了？」

也不知道為什麼，他笑著跟我握手。這樣想想，我們好像是第一次握手，大庭先生的手柔軟又溫熱。

「我也要辭職了。」

「啊？」

為什麼？

「不會是因為我吧？因為我出手打人連累了大庭先生也……」

「不是不是。」

他擺擺手，笑著說：

「真的是我自己的原因，跟你沒有關係。」

是嗎？

「所以往後可能見不到你了，你要繼續好好加油啊。」

「真……」

真的很謝謝你。我對他低頭行禮。「那我先走嘍。」大庭先生逕自轉身離開。

他個子不特別高，有點瘦，頭髮稀疏，一點霸氣也沒有。大庭先生真的就像連續劇裡會出現的那種平凡上班族。

可是他的背影真的讓人覺得很可靠。

我想，他跟我老爸應該屬於同一種人吧。有著自己的信念，不管再小的工作都會拚盡全力去做。勤懇認真地完成交付在自己手中的工作，樂於與人為善。

我覺得這種人都會有像這樣的背影。

「我也得好好加油才行。」

失業中，二十五歲，大學畢業後連續三年內在三間公司因施暴被開除。

「真不中用。」

雖然不中用，但我並沒有做錯事。我做這些事也是出於自己的信念。可能因為我是看著老爸背影長大的關係吧。

「好！」

該回家了，回到那個我再次投靠的破舊小屋。

☆

「好久不見啦。」

聽到聲音回頭一看，原來是熟面孔。不，其實每次見面時長相身形都不一樣，但彼此都馬上知道對方是誰。

「怎麼，你也來了？」

兩人走近，輕輕握了手。雖然不記得幾年沒見，但應該真的很久了。

「對啊，有工作嘛。」

「也是。」

這個男人跟自己之間的緣分想斷也斷不掉，說白了就是歡喜冤家、搭檔般的存在。

不知道他現在在做什麼？看起來完全是個中年大叔，可是卻留著一頭長髮，還穿著牛仔褲，看起來很休閒。感覺應該是從事自由業的樣子。

「你現在叫什麼名字？工作呢？」

先得問清楚這個才能繼續往下聊。

「近藤，音樂製作人。還挺有名的。」

是嗎？往後退半步重新打量他的打扮跟長相，還是不懂。也可能是因為自己的生活向來跟那個世界沒有緣分吧。

「我直到剛剛為止，都叫大庭。」

「直到剛剛？」

近藤伸長了脖子望向我身後。

「剛剛在那邊，迴轉壽司店門前跟你道別的青年，你之前的目標就是他嗎？」

「對。」

喔～近藤偏著頭。

「怎麼看起來一點也不像受你照顧過的樣子？都結束了嗎？就那樣？」

「那已經是我拚盡全力的結果了。我用全部力氣跟他相處的結果，就是那樣。」

聽到我這麼說，近藤皺起臉。明明已經不可能看見，但他還是繼續伸長了背望向路的那一頭，試著找尋池內的身影。

「會讓你這麼說，表示那個年輕人運勢應該很強吧。」

那當然，運氣非常好。

「可能十年後會變成億萬富翁吧。」

近藤「咻～」地吹了一聲口哨。確實很像音樂製作人這種人會有的動作，我忍不住笑了出來。

「既然能把你弄得這麼吃力，看來這次沒有需要我的地方嘍。」

「一點也沒有。」

身為福神的你，這次完全無用武之地。

近藤聽了聳聳肩，看著我彎嘴笑了起來。

「那先喝一杯吧，慶祝工作結束。」

「你請客喔。」

「那當然啦，大庭。啊，你現在已經不再是大庭了吧？現在只是個無名的權兵衛。」

他還故意強調一次，又笑了。

「煩耶你，近藤。」

近藤拍了拍我的背，說有間不錯的酒吧。上次我們見面時他是稅務署的職員，表現得可沒有像這次這麼親暱。不過偶爾這樣也不錯啦。

「不過你這個樣子也太糟了吧？就不能再想想辦法嗎？」

「一個懦弱聽話又不中用的上班族，多半就是這種樣子啊。」

「是沒錯啦。也未免太符合你『窮神』的形象了吧。」

「吵死了你，『福神』。」

其實他說得沒錯。世間的人一聽到「窮神」，馬上就會聯想到一個再怎麼看都很窮酸的男人樣子。剛好就像現在的我一樣。

沒有錯。

我是窮神。

你如果要問我那是什麼，我也不知道該怎麼回答。

我是百分之百、絕對正統的「窮神」。

說的就是我。

世界上大家都討厭我。

相反地，大家都很喜歡近藤這個「福神」。

當然啦，被窮神纏身之後，如同字面，身邊只會發生運氣不好的事，人會愈來愈窮。人生變得悲慘。沒有人希望變窮，所以大家都討厭我。當然也不會想告訴別人自己被窮神纏身。但其實最近會說出我們名字的人本來就漸漸變少了。

這名字可能接近死語了吧。

對神說死語，還真是讓人笑不太出來。

他帶我來到一間小酒吧，氣氛很不錯。店裡播放著安靜的爵士樂，吧檯是一整塊完整木板。酒吧老闆臉上帶著平靜的笑，客層也很不錯。

「你經常來這裡嗎？」

「嗯，『死神』介紹我來的。」

「『死神』？」

死神當然不止一個人，但是我腦中立刻想到一張俊美的臉孔。那傢伙竟然會在這種地方喝酒，還真是稀奇。

「所以他是被誰召喚來的？」

死神能到酒吧喝酒，想必是因為這樣吧。

「我也很久沒聽過那麼奇妙的事了。聽說碰巧跟一個年輕女性簽了約，後來喜歡上這個地方，就經常來。」

那真是太好了。

死神跟我們不同，不能直接跟還活著的人類有往來，來這裡應該可以讓他們好好放鬆一下。既然是死神，也不會給人類帶來什麼麻煩。

近藤向酒吧老闆點了一杯美格威士忌，兩個杯子。酒很快就來了，我們碰了碰杯，喝下酒。

「真好喝。」

「工作結束後味道特別不一樣。」

所以呢？近藤問。

「這次的目標很辛苦嗎？」

「是啊。」

我們「窮神」的工作就是讓人變窮。方法有很多。比方說讓先生沉迷於花錢的興趣，讓太太購物成癮，讓這個人上班的公司陷入要倒不倒的經營危機等等。另外還有花大把錢養女人、養牛郎等等。我們「窮神」竭盡一切辦法，讓自己纏上的人變窮。

「真是辛苦，你們一定需要很多跟我們『福神』不一樣的技巧吧。」

對，我們這一行是講技術的。

因為我們不能讓對象送命。不可讓一個人因為太窮覺得生無可戀去自殺。這樣我們的工作就等於失敗，事關重大。

如果失敗，我們就無法存在這個世界上。就算我們是「窮神」，就此消失不是也太可憐了嗎？至少我們可不想。我們不願意抹除自己的存在。儘管自己的角色是如此，我們也想繼續存在這個世界上。

所以我們的工作並不是單純讓一個人變窮，還得及時煞車。

可是我們也不能任意讓無辜的市井小民變得貧窮。我經常希望釐清這層誤解，但這一點並不容易。我們總不能一一去跟全世界的人說「其實不是這樣的！」，就算這麼做，大概也不會有人聽得進去，只會引來別人說：「警察先生，就是這個人！」

我們必須讓自己的對象在不至於不幸的範圍內，變得貧窮。

「那年輕人叫什麼名字？」

「池內雅人，二十五歲。」

請他飽餐了一頓迴轉壽司後，我們剛剛分開。

「覺得寂寞嗎？」

近藤微笑地說，還安慰似拍拍我的肩。

「那當然啦。」

很寂寞啊。畢竟我從他一出生就一直守護著他。對我來說他就像自己孩子一樣。

他降生，學會笑，學會翻身，然後開始爬，開始會站。

近藤微笑著。

「跟以前一樣，每次都像看著自己孩子成長一樣。」

「嗯。」

沒有錯，我一直在旁邊看著雅人成長。

我知道幼兒園時他被聖也推倒受傷，在小學教室裡尿褲子，中學被學長揍過，也知道高中交了女朋友但發現對方劈腿後大受打擊甚至發燒，還有上大學時女友對他說自己可能懷孕了，他聽了滿臉鐵青這件事。

我都知道。

「他是個好孩子。他總說自己吊兒郎當，其實他可沒有活成這樣，那就像是一種抑制自己強烈正義感的封條。是他為了在這個艱難世道中求生存所取得的能力。」

「原來如此，一個運氣好的人，果然具備這種資質呢。」

假如他隨心所欲地活，那一定會很想求死。他會對這個空有正義感但卻無力改變任何事的自己感到厭惡。

這個世界、現代，就是這種時代。

「但這樣看來，他也可能因為成為一個吊兒郎當的人，才獲得了這麼強大的運氣吧。」
「可能吧。」
好運都是「神」的功勞。
那不是我們的想法、心念所能改變的。我們雖然也算是「神」的一員，可是定位完全不同。以人類世界來說，就像是一間公司的董事長跟一般員工的差異。不、差別可能更大。
人可能會覺得，運氣好不是一件很好的事嗎？那是因為人類並不知道有人因為強運而招致毀滅。因為大部分人都不曾擁有如此強大的好運。
獲得強運的人類幾乎一無例外，都會變得不幸，然後從這個世界消失。
「明明你這麼努力在阻止。」
近藤拿起杯子這麼說。
「身為窮神的你，為了讓握有強運的人免於不幸，才會讓他走上平凡卻幸福的人生。」
「嗯。」
沒錯。

我不斷抑制雅人的強運。發揮我窮神所有的能力，一一將降臨在他身上的強大好運推遠。

結果就是剛剛雅人的那句話。

「我家很窮。」

近藤，這個福神他只聽到這些就完全理解了。他稍稍揚起右邊的眉毛，點點頭。

「父母親嗎？這次的工作問題在他父母親身上對吧？」

「對。」

雅人說過，他爸媽很善良。一點也沒錯。他父母親曾經是好人，不、現在也是。他們不羨慕別人的人生，努力活著自己擁有的人生、靠自己贏得的人生。

這就是所謂的清貧。有一顆美麗心靈的人，唯有在符合自己角色的環境之下，才能持續維持這顆美麗的心。遺憾的是，人類的心很容易動搖。擁有清澈內心的人類，並非處於任何環境下都能夠一直維持那份清澈。

雅人的父母親確實有著清澈的心。不過，假如雅人的強運得以完整地發揮，那又會如何？

「手裡拿到好幾億、好幾十億日圓的父母親就此墮落，走向最糟的結果，是嗎？等到發現這件事，都已經太遲了。」

「沒錯。」

我可以看見這樣的未來。所以我才跟在雅人身邊，將他的強運轉換為他口中的「小吉人生」。

假如我沒有在他身邊，那他可能會以童星身分出道，大受歡迎，讓他父母親獲得鉅額報酬。周圍對他淨是吹捧，也可能吸引來一些見錢眼開的人，讓他自此遠離幸福的人生。

也有可能會中一張高額彩券，大肆揮霍，不知不覺身邊又聚集來一批貪求他錢財的人，導致破產，最後會過著悲慘的人生。說不定他們所有人都早已不在這個世界上。

所以我這個窮神才會一直跟著雅人。

為了讓他們可以過著雖然貧窮但卻幸福的人生。

近藤微微偏著頭。

「看起來雅人身上的強運還沒有消失對吧？可是你說你的工作已經結束了，難道有什麼其他因素夾雜進來？」

「嗯。」

沒有錯，我們不能中途放棄工作。必須要跟著這個人直到最後，到他人生最後的那一個瞬間。因為我要是一離開雅人，他身上的強運就會開始發揮效力。

「現在他可能已經被某間經紀公司挖角，或者買了彩券，還是看到某間大公司高層差點被車撞挺身相救、明天就能進那間公司上班。」

「進了公司之後靠他的強運表現出好成果，賺取大把金錢。」

「應該會是這個方向吧。」

然後，享受他強運果實的父母親應該會自此走向墮落。那個不苟言笑卻為人誠實的父親開始成為銀座高級酒吧的常客，在女人的包圍下揮金如土。母親大買名牌，然後自己開始做些愚蠢的生意，最後破產。

「可是……」

我將杯子拿到嘴邊。

「前提是人還活著。」

近藤皺起眉頭。

「會死嗎？哪一邊？父親還是母親？」

「他媽媽。」

「原因呢？」

「癌症。」

病死。是死神告訴我的。

「心愛的人的死，是『神』給人最大的悲哀，同時也是最大的考驗。」

「沒錯。嗯，大概沒錯吧。」

我們腦子可以理解，但是絕對無法獲得真正的情感。因為我們無法獲得心愛的人。就算對於跟自己有接觸的人類會產生情分，也無法獲得自己心愛的人。不可能。

但是我們能夠理解。人類是很強的生物。雖然裝盛人類的肉體這個容器很脆弱，可是相對地，人類可以擁有強大的心靈。

能夠從最大的考驗中站起來的人，在那裡重新站好的人，可以獲得真正強大的心靈。在失去心愛的人的日子中，他們也得以隻身好好活下去。儘管在這種狀況下，人類的身體裡依然潛藏著想要活下去的堅定決心。

「那就是截斷世上所有享樂誘惑的力量，對嗎？」

「沒有錯。」

不久之後，雅人將會獲得龐大的財富。他的強運直到人生終點都不會消失。這都是「神」的意思。可是與此同時，他會失去最愛的母親，他的父親也會失去妻子。

「母親離開後，留下的他們不會把自己所得的財富用在自己的享受上，而會用在其他人、用在那些在人生中奮力耕耘卻顆粒無收的人身上。他們一定會這麼做。」

「是嗎？」

所以這次輪不到「福神」出場。通常我出現後就會輪到他現身，讓一個長久過著貧窮生活的人可以稍微看到一線曙光，獲得活下去的力量和勇氣。

「所以我沒有機會上台，喝完就下場了是嗎？」

「沒有錯。讓你特地來一趟真是抱歉啊。」

「無所謂啦。你工作結束之後我們如果不見一面，我可是會作惡夢的。」

兩人都笑了，將酒杯送到嘴邊。福神近藤放下他的酒杯。

「剛剛啊，」

「嗯。」

「我不是說這個酒吧是死神介紹的嗎？」

確實是這麼說的。

「那傢伙消失了。」

「消失？」

我聽不懂他在說什麼。消失？什麼意思？「死神」怎麼可能消失？

「但他真的消失了。」

近藤皺著眉。

「不知道他去哪了。我也只是聽說，不太確定發生了什麼，但他真的消失了。」

我忍不住盯著天花板。眼睛四處游移，好像在尋找不確定在哪裡的某個東西。

「有這種事嗎？」

「好像，有呢。」

近藤說，就跟人類的人生一樣。

「不知道會在哪裡發生什麼事。我們無法真正猜測到會有什麼事情發生。」

我們可能也是這樣吧。說著，兩人又拿起酒杯。

「但是至少現在還可以這樣。」

是嗎？也對。

「下次不知道會在哪裡見面？」

「對啊，會是哪裡呢？」

我們「窮神」和「福神」，會以什麼樣子重逢呢？

現在還不知道。時候到了，自然就會知道。

接下來，我又該去守護誰的人生呢？

瘟神在微笑

我必須要觀察患者的狀態。

所謂患者的狀態，除了孩子之外，也會仔細看帶這些孩子來的父母、家長的狀態。自從我開始學習想當護理師，老師就不厭其煩地說，護理師的工作就是要察言觀色。

身為醫療從業人員，減少錯誤、確實執行醫生指示是理所當然的，但更需要的是體察患者和其家人的狀態和心情。

患者跟醫生交談期間，觀察對方有沒有確實在聽？狀態有沒有異常？是否真的理解？照顧到這些細節，都屬於護理師的工作。

對了，那位護理學校的老師還說了一件有趣的事。

「你們知道狙擊兵吧？對，就是負責射擊的狙擊手。狙擊手執起來福槍窺伺照準器瞄準標的時，會全神貫注於此。如果敵人趁這時悄悄走近身邊，可能完全不會察覺，很容易從背後被擊殺。因此在戰場上一定需要搭檔。狙擊手需要一個可以交託自己身後、最讓他信賴的搭檔。假如醫師是狙擊手，那麼護理師就是他的搭檔。醫師能不能發揮技巧，取決於身邊的護理師。」

護理學校裡怎麼會講起殺人的狙擊手？起初我嚇了一跳，但是聽了之後覺得非常有道理。

我覺得一點也沒錯。而且這裡還是小兒科。

很多帶孩子來的父母，心裡都滿是不安。自以為好好在聽醫生說的話，但是往往腦子裡填充了太多東西、經常聽漏資訊。而醫生可能也沒有餘力去注意到這些地方。

所以我們護理師必須要注意到這些地方。另外我們還得同時關照比父母親更不安、身體不適的孩子。我自己也覺得這份工作真是辛苦。不過工作很有意義，我也很喜歡。

察言觀色這件事，至少對我來說是很理所當然的。在日常生活中如果這麼顧慮其他人，可能會被認為多管閒事，但是就護理師來說卻非常自然。

話說回來，為什麼現在非得用護理師稱呼不可呢？

其實我比較希望別人叫我護士小姐。女性被稱呼「護士小姐」也無所謂啊。有些患者叫我「護士小姐」後還會特意改口：「啊，現在應該叫護理師吧。」其實根本不用改的。

「先開一個禮拜的藥，再觀察一下狀況。燒應該慢慢會退，如果繼續咳嗽、或者又燒起來你再過來。」

晴行舅舅、不對，是森山醫生，他跟平時一樣，官腔官調、甚至有點無情，冷淡地對媽媽這麼說，不過面對一臉難受的孩子，他卻彎起嘴角笑起來小聲地說：

「不要擔心，馬上就會好起來喔。」

妳叫奈緒子吧？孩子點點頭。奈緒子一直都很乖聽話，是個好孩子，反而是她媽媽有點囉唆。

離開前奈緒子對醫生輕輕揮手道別。其實孩子都懂，他真的是一位很溫柔的醫生。

☆

森山晴行醫生是「森山小兒科」這間小診所的第二代。

他在這小鎮上非常受大家喜愛，不過森山醫生之所以刻意用這種公事公辦的態度對待大人，特別是對待孩子的媽媽，幾乎到了有點冰冷的程度，其實是有原因的。

繼承家業的森山醫生今年二十九歲，是個單身帥哥。如果敏感一點的人，就會感覺到他是個散發著危險氣息的好男人。光是被他那對真摯的眼睛凝視，這些有夫之婦可能就會被迷得暈陶陶，覺得「隨便把我怎麼樣都無所謂！」。

實際上也確實有很多因此淪陷，對醫生發動攻勢的媽媽們。我來這裡工作才兩個月左右，在這期間就已經發生過一次。有患者媽媽迷上了森山醫生，幾乎變成跟蹤狂。

儘管大家都覺得，為人母親了怎麼可以再去招惹其他男人呢？儘管如此，人心要怎麼想，真的很無可奈何。聽說過去還發生過更激烈的糾紛。

當然森山醫生並沒有逾矩，都是對方單方面地進攻。甚至還有先生帶著菜刀上門大罵。

聽說森山醫生很煩惱，幾乎都想辭職。

真是的，外表如何又不是自己能決定的，總不能要他特地去整容為醜男吧。

所以森山醫生才會決定，用極為死板、從旁看來都要覺得他太過冷淡的態度面對媽媽們。有時候甚至會說些很刺耳的話。如果不這麼做，不是開玩笑的，他身為開業醫生、身為醫師的生涯可能會面臨危機。

再加上「森山小兒科」裡只有歐巴桑、抱歉，我是說只有已婚資深護理師或者職員。如果在這方面出了什麼問題那可就糟了。

我是唯一的例外，單身年輕護理師，才二十一歲。

為什麼能破例被雇用，因為我是森山醫生的外甥女。對，我是森山醫生姊姊的女兒。大家都說我們這對舅甥年齡相差很近，因為舅舅跟我母親年齡差很多。

聽說我決定要來時，「森山小兒科」的所有人都很開心。說是終於來了一個可以不用顧慮太多、一起工作的年輕護理師了。

確實，我從小就跟晴行舅舅相處，就算他身上有什麼甜美危險的香氣，我也一點感覺都沒有。有感覺那問題可就大了。再說晴行舅舅雖然溫柔，但是以男人來說他並不是我的菜，我也不可能用看男人的眼光來看舅舅。

不過這件事還鬧得不小。媽媽們一聽說有年輕護理師要來，紛紛開始鼓譟不安。該不會是森山醫生的未婚妻吧？該不會看上了醫生吧？還是其他護理師解釋：「是醫生的外甥女。」大家才放下心來。

總之麻煩還不少。

「妳看，這就是給小醫生的。」

「森山小兒科」沒有住院設備，所以除非輪值夜班，基本上晚上不用上班。下班後前輩約吃飯的機會也不少。大家都很照顧我，深怕我還不習慣這裡。

在附近的家庭式餐廳點完菜後，負責坐櫃檯已經四年的小堺小姐從托特包中取出一個信封，在我面前揮呀揮。

「又來了？」

我皺起眉頭。

「是惣一郎的媽媽，橋田太太。」

「橋田太太。」

「就是那個啊，衣服胸口總是開得很大的那個。」

喔喔喔。我馬上知道是誰。下巴有點方的橋田太太，她的嘴型看起來很性感，而且是個大波霸。我猜一定有E罩杯。

「總不能退回去，又不能交給小醫生。」

「真是辛苦了。」

信，其實就是情書。都這個年代了，竟然還有人寫情書，不過想要約森山醫生，好像真的除此之外沒有其他方法。她口中的小醫生也就是晴行舅舅，不喝酒不賭博，為人認真，一點也沒有危險的氣息，甚至可以說他是個老古板。還聽過有人猜他可能還是處男，現在也沒有女朋友。

「橋田太太都已經拿來第二封信了。每次來窗口看起來都很開心，就好像孩子生病她很高興一樣。」

「不至於吧。」

怎麼可能有父母希望自己孩子生病呢？

「但是她已經離婚了，現在算單身吧。」

「真的嗎？」

也不知道小堺小姐是從哪裡知道這些消息的，不過想想她負責櫃檯業務，看到對方的保險證就知道了吧。就是啊。小堺小姐一邊把信收起來一邊笑著說：

「對方的心情我也不是不懂啦。」

「對了，這些情書最後都怎麼辦啊？」

「沒怎麼辦啊，要是丟了感覺過意不去，我都放在家裡保管，裝在空餅乾罐裡。」

聽說很久以前晴行舅舅交代過，這些東西他很困擾，請想辦法處理掉。之後就一直由小堺小姐來保管。

「堆太多怎麼辦？」

「拿去神社請他們幫忙燒掉啊。」

原來如此，還有這一招。日本的神明真是太萬能了。

「唉，我是覺得醫生也差不多該定下來了啦。」

「就是啊。」

「妳是他外甥女，那方面的事沒聽說過嗎？」

「我完全不知道。」

大家都懷疑舅舅是同性戀。問我媽媽也就是他姊姊，也沒探聽到這方面的消息。

「他學生時好像是交過女朋友的，我想應該不是同性戀啦，不過……」

「什麼什麼？」

「他好像說過，倒不如真的是同性戀，輕鬆多了。」

基本上他討厭女人。

「我媽說，他從小學時就很受小姊姊們歡迎。總之很多人會黏在他身邊，所以有一段時期他真的對女人很反感。」

小堺小姐不住點頭。

「我想也是～」

☆

那個人來到「森山小兒科」是九月裡覺得天氣好像真的變涼了的某一天。

她姓中島，住在距離這裡開車十分鐘左右的地方。這位媽媽個子嬌小，身穿牛仔褲和運動服，一身輕便，我馬上知道，這個人對晴行舅舅沒有興趣。因為危險的人總是一身「來醫院為什麼要打扮得這麼隆重？」的裝扮，一眼就能看出來。

孩子叫小南，今年十歲，小學四年級。

早上起來之後發燒到三十七度半，覺得身體無力，請假沒去學校。早餐只吃了一半，就這樣又睡了，但一個小時後再量一次溫度，已經升到三十八度二，所以馬上帶來醫院。中島太太這麼說明。

舅舅跟平時一樣面無表情，但我知道他一定在心裡說『判斷得很正確』。也不知為什麼，舅舅在想什麼我就是知道。可能是因為我們從小就在一起吧。

但我不太懂的是跟她一起來的那個人。

一個身穿和服的美女。

中島太太和小南進入診間時，那個人也一直緊跟在後面，她什麼都沒說，我心想應該是陪著來的家人吧。舅舅也只是瞥了一眼，什麼都沒問。

我確實覺得有點怪。因為那個人長得很漂亮，年紀大概三十好幾到四十多歲左右。長得不像中島太太當然也不像小南。但中島太太和小南什麼都沒說。

舅舅檢查了小南的喉嚨、舌頭，用聽診器聽聲音的同時，那個和服美女依然什麼也沒說。她只是沉默著，面無表情地直盯著孩子。

我覺得背脊有點發毛。

總覺得，這個人好像不是人。

不過我馬上又打消了這個念頭。我告訴自己，不要胡思亂想，好好聽舅舅的指示，好好觀察中島太太和小南的狀況。

中島太太每次來看起來都有點累。不是身體的疲勞，更像是對生活感到疲累。我想她家境應該不太寬裕，身上的衣服款式樸實，看起來很舊，小南穿的也不是那種可愛或者流行的衣服。

「感冒了。」

舅舅跟平時一樣冷淡地這麼說。

「喉嚨腫了。應該會再燒一兩天，但是不至於高燒。」

我記得小南的扁桃腺比較弱。中島太太輕輕點頭。

「我開個藥。退燒之前先請假。退燒之後也不能鬆懈，藥要好好吃完。」

舅舅面無表情地說，中島太太也點點頭。

後方的和服美女也點了頭。

我實在坐立難安，很想問她妳到底是誰。

「是不是暫時不要洗澡比較好？」

中島太太望著我問，我確認舅舅輕輕點頭後開口說：

「是啊，退燒之前先忍耐一下。可以用熱毛巾幫她擦身體。」

「我知道了。」

「那請先到候診室等。」

我可以看出舅舅寫病歷的同時很在意那個和服美女。中島太太讓小南起身，一起走出了診間。

和服美女也跟在她們身後打算離開。

「那個……」

我忍不住發出了聲音。和服美女轉頭看向我。

「請多多保重。」

和服美女聽了只是輕輕向我頷首，就像微閉了閉眼一樣。

接著……

舅舅一臉撞見鬼的表情，盯著我看。

距離「森山小兒科」徒步兩分鐘。

舅舅家大約就位在診所後方。對我來說就是外公外婆家。診所上一代醫生是外公，他五年前過世了，現在舅舅跟外婆，也就是他母親兩個人一起住在這裡。記得小堺小姐說過，舅舅之所以沒有認真交往的女朋友，可能也受到這種環境的影響。外婆身體還很健朗，但是跟年邁老母親兩個人一起生活的單身男子，這對結婚來說可能真的是種負面條件吧。當然我自己並不這麼想啦。

「怎麼樣？工作累不累？」

「一點也不累！外婆妳不要擔心啦！」

我說話會稍微大聲一點，因為外婆最近耳朵有點重聽。她雖然說過我可以住在這裡，從這裡去上班，但就算我是外甥女，私人時間跟工作都在一起好像也不太好，所以沒有這麼做。出社會之後我也想體驗一下自己一個人的生活。不過我還是會偶爾過來跟外婆說說話，畢竟我很喜歡外婆。

但是今天不太一樣。

今天來是因為舅舅一臉嚴肅地拜託我來家裡一趟。

我跟外婆還有舅舅一起吃了晚飯，之後洗了澡，陪外婆說了一會兒話，等到外婆說了聲「那晚安啊」，回到自己房間後。

舅舅皺著眉，看著坐在客廳沙發的我。

「要喝點酒嗎？」

「不用招呼我啦，舅舅你不是不喝酒的嗎？」

「其實是我自己想喝。」

「是嗎？」

看來是因為……

「那個和服美女？」

舅舅身體一顫。

「所以千佳妳能看見她？」

這是什麼意思？

「什麼啦舅舅，當然能看見啊。」

但是舅舅嘆了一口氣。

「可是千佳……」

「嗯。」

「過去只有我能看得見那個人。」

這、這是什麼意思？

「一開始……。」

差不多一個月左右前吧。那個和服美女跟其他患者一起來到醫院。當時跟舅舅一起在診間裡的是最資深的護理師澤村小姐。

「一開始我以為是孩子的家長。可能是一起來的阿姨或親戚，或者是看起來非常年輕的奶奶之類的。沒想到澤村小姐她們的舉動卻完全無視那個和服美女。」

「無視她？」

「和服美女站在孩子身前，但是她們卻好像對方不存在一樣，應該說就像沒看到她一樣，插進她們兩人之間，然後……」

舅舅甩了甩頭，表情真的像快不行了。

「那個和服美女用人類不可能有的動作避開了她，就好像沒有體重一樣，跟個氣球似的輕飄飄地往後瞬間移動了兩公尺左右，臉上一點表情都沒有。」

「怎麼會……」

我真的全身發冷。這麼說來，她剛剛走路的感覺也很像，移動的時候彷彿沒有體重一樣。

「還不只這樣。那個和服美女……」

舅舅翻開手裡一直拿著的那本黑色Moleskine筆記本，他經常帶在身邊的那本。

「包含今天，我已經看過她五次了。第一次看到的時候因為實在太驚訝，所以我不經意地問了櫃檯的小堺小姐還有其他人，『有沒有看到一個穿和服的女人？』結果大家都說沒看到這樣的人。」

「在那之後的五次、不對，四次都沒人看到？」

是啊。舅舅嘆了一口氣。

「沒有任何人看過她，就連來看病的孩子跟陪同一起來的家長都沒有人發現。只有我看得見，至少到今天為止都是這樣。」

好可怕。

雖然可怕，但是我心中某個念頭卻開始蠢蠢欲動地抬起頭。

其實，我是個推理迷，而且還是鐵打的重度推理迷。如果要跟我聊聊後期昆恩問題❶，我可是一點問題也沒有。

「舅舅？」

「什麼？」

「那五次你筆記本裡都留下紀錄了嗎？」

「當然啊。因為事情實在是太奇妙了。」

原來，難怪我覺得舅舅最近看起來很累，說不定就是因為這個緣故。

「那今天之前的四次，都是除了我以外的人跟診？」

「是啊。」

「那五次來的患者都是同一個人嗎？」

我看看。舅舅翻著他的筆記本。

「全部都是不同患者，所以我第二次看到時馬上就懂了。這個女人不是患者的家人。不，應該說我覺得『這個人不是人類』。」

不是人類？醫生也會有這種想法嗎？

「你說她是鬼嗎？」

「不。」

他搖搖頭。

「基本上我不認為有鬼怪存在。不過……」

「不過？」

「我也承認這個世界上確實有人類想像不到的東西存在。只要是醫生，我想大家都會有這種想法吧。」

「是嗎？」

---

❶日本推理評論界特有的說法，特指美國偵探小說艾勒里．昆恩（Ellery Queen）時期作品的特徵，此類作品中主角被兇手刻意安排的假線索誤導做出錯誤推理，結尾所提供的解答未必為真相。

醫生真的會這樣想嗎？舅舅看著我的眼睛，點點頭。

「我們除了是治療疾病的醫生，同時也是研究『生命』的學者。人類這種生物，愈研究就愈覺得實在是一種精密又不可思議的存在，只要是醫生，我相信人人都會有這種想法。我們也會忍不住好奇，到底是什麼創造了人類呢？」

「大概是神吧。」

舅舅苦笑了一下。他伸手去拿放在桌上的菸，點了火。明明勸過他最好戒菸，他自己也很清楚這一點，卻還是戒不掉。聽說很多醫生都抽菸，大概是壓力太大了吧。

「神嗎？」

嗯。我點點頭。

「跟鬼怪一樣，我雖然不相信這種東西的存在，但如果真的有神、人類是由神創造出來的，那很多事情都可以有合理的解釋。」

原來他是這樣想的啊。不行不行，話題跑遠了。

「所以到今天為止只有你能看見的那個人，今天也跟在中島太太一起出現了，對吧？」

「對。我心想，啊，又來了。然後……」

「我竟然跟那個和服美女說了話。」

「我嚇了一跳，那真的是個穿著和服的美女對吧？」

我篤定地點點頭。

「和服，深藍色的，上面還有類似白色花朵的圖案。」

「沒錯，跟我看到的一樣。」

「那種臉叫做瓜子臉吧？五官清冷，眼睛有點往上吊，年紀大概三十後半吧。」

「對對對，而且她看起來氣色很好，皮膚看起來很健康。」

不愧是醫生，竟然觀察得這麼仔細。

「看起來不太像鬼魂呢。」

「不像，外表上跟活生生的人類沒有兩樣。」

但是舅舅又說她的行動不太像人類。

「到目前為止，只有我們兩個能看見她。」

我們兩人互看了一眼，點點頭。我灰色腦細胞開始全速運轉，為什麼只有我們兩人能看到呢？

「會不會是某個我們不認識親戚的鬼魂啊？」

「如果是的話，她為什麼要跟在別人身邊？」

也對。

「舅舅？」

「嗯。」

「我們來找線索吧，設法找出那個和服美女的真實身分。」

「線索？」

「那五位患者分別是什麼身分？有沒有共通點？」

舅舅點點頭，讀起他的筆記。

「首先，當然所有人都住在市內。第一次是貓澤太太，這是和服美女第一次出現。第二次是蘆田太太，他們家從孩子還是嬰兒的時候就一直到我們這裡來看診。第三次是萩尾太太，這個人也是老客戶了。第四次是矢倉太太，這是新客戶，聽說是最近才搬到附近的。再來……」

「再來是今天的中島太太，她只來過幾次而已對吧？」
「看病歷應該是第三次。」
我還沒確認，不過應該是最近才搬到我們市的。
「孩子的年齡呢？」
舅舅又看了看筆記。
「都不一樣。一年級、幼兒園、五年級、三歲、四年級。」
「那麼一起來的媽媽們年齡也都不一樣嘍。」
沒錯。舅舅點點頭。
「矢倉家陪孩子來的不是媽媽、是阿嬤。他們家夫婦都要上班，平常是外婆在照顧。」
看來這方面也沒有共通點。我們兩人沉吟了一聲，都陷入深思。
「如果要找共通點的話，這五個孩子症狀都是感冒。雖然正確來說每個人的症狀表現都各有不同。」
「也是。」
每個人的症狀幾乎不可能一模一樣。同樣是『感冒』，會因為每個孩子的體質等各種條件，呈現出的症狀都不盡相同。舅舅偏著頭。

「千佳？」

「嗯。」

「我看妳現在跟推理案件一樣，把這當成犯罪，想找出每一次的共通點，發現跟和服美女有關的線索。」

舅舅也知道我喜歡推理。

「其實他們之間有個最大的共通點。」

「什麼？」

「生病。」

舅舅很簡潔地說。

也對，就是疾病啊。

「但是如果要這樣說，到我們這裡來的所有患者都生了病，照理來說她應該要跟著全部的人啊。」

「沒錯，就是這一點。」

「這一點？」

他深吸一口菸，吐出一陣煙。

「畢竟都已經第五次了，我也想了很久。她到底是誰？為什麼要出現？我甚至在想，說不定我身上有某種特殊能力被啟動，讓我能清楚看見患者身上的病毒之類的東西，所以才會看見她。」

舅舅，你竟然想到這方面去了。

「千佳，我想了很多，最後呢……」

「嗯。」

舅舅表情嚴肅又認真。

「我只獲得了一個很普通的結論。」

「普通的結論？」

「那是一種難以定義的超自然存在。她之所以出現，是為了告訴我某些訊息，或者是想給我什麼暗示。」

原來如此。

「跟鬼魂一樣，因為懷抱著某種怨恨才會出現。」

「對。」

其實，舅舅繼續說道：

「我本來心想，這次再見到她一定要直接跟她說話。沒想到妳先突然開了口，而且對方也有所反應。」

「這就表示她可以跟我們溝通。」

沒錯。舅舅點點頭。

「下次我一定要問問她，妳到底是誰，到底想告訴我什麼。」

在那之後，跟著舅舅，不、跟著森山醫生在診間裡幫忙，成為我專屬的工作。不得不輪班時只好離開，但我盡可能一起跟患者見面。舅舅對其他前輩護理師的說法是希望盡快培養我能獨當一面，大家也都接受了這個說法。

我們兩人會偷偷地說：「怎麼不來了？」終於在一星期後，她出現了。是中島太太。

中島太太帶著小南又來了。當時我正好在櫃檯後整理病歷，看見了她。

中島太太帶著小南一起進入診所，和服美女就跟在身後。

我很快衝進診間。剛剛看完診正在寫病歷的醫生抬起頭，驚訝地看著闖入的我。

「來了！是中島太太。」

我小聲地說，舅舅也皺著眉，輕輕點了點頭。我們已經擬好了作戰方案。舅舅說，和服美女每次都最後才離開診間。當我們護理師接近時，她一定會避開免得撞上。

所以看完診後中島太太和小南要離開診間時，當和服美女緊接身後要離開，我就可以插入她們之間。這麼一來和服美女為了避免跟我接觸一定會重新退回診間裡。

這時舅舅就可以小聲跟她說話。而且我也可以趁這個時候關上門。

雖然有點怕，但是要避開其他人耳目，也只有這個方法。

「來，怎麼了嗎？」

媽媽說，小南退燒後去上學，但喉嚨還是一直很痛。小南坐在舅舅眼前的椅子上，媽媽坐在她旁邊。

那個和服美女靜靜站在小南身後。

跟上次一樣，她只是筆直站著凝視。似乎不是特別注視著某個地方，感覺像是看著小南還有替小南看診的舅舅。我盡量不看她們，跟平時一樣，努力扮演好護理師這個角色的工作。

「嗯。」

舅舅點點頭。

「不用太擔心，現在燒退了，看起來很穩定。我開點喉嚨藥，讓她吃吃看，不痛了就不用繼續吃。」

看來沒什麼大問題。我一邊在旁準備一邊心想，會不會是中島太太太愛擔心了。我悄悄離開舅舅身後，做好隨時都能行動的準備。

「可以了，請到外面等吧。」

舅舅也刻意看準了時機這麼說。中島太太站起來，小南也跟著站起來。和服美女靜靜移動，退到一旁避免撞上她們兩人。

兩人正要出去，我立刻從她們身後插入。

「好好保重啊。」

關上門。猛一轉身回頭，和服美女就在眼前盯著我看。

「請等一下。」

舅舅站起來，小聲地說。

「妳聽得見我說話吧？」

和服美女慢慢轉向舅舅那邊。舅舅緩緩上前，走近到幾乎能跟和服美女握手的距離，更小聲地說：

「妳是什麼人？」

我屏息盯著他們兩人。不管這和服美女是何方神聖，總之她絕對不是人類。

因為我一點也感覺不到對方的體溫。當別人接近自己身體時可能會有的許多感覺，從這個人身上一點都感受不到。

「晚一點……」

我們聽到了聲音。和服美女開口了。

聲音很小，但很好聽。

「等您看診結束，我會再過來的。還請兩位稍等。」

她剛說完這句話，就消失了。

就在我眼前，瞬間消失。

我和舅舅都差點失聲大叫，連忙用手摀住嘴巴，拚命忍耐。

她就這樣消失了耶？

確定。

我跟舅舅，見到了不屬於這個世界的人。

☆

「我是瘟神。」

大家都離開後，一片寂靜的診間裡。

和服美女突然現身在只有我跟舅舅兩人在等待的診間裡，開口就是這句話。算我求妳了，不要這樣突然出現好嗎？我嚇到整個人跳起來，心臟都差點停了。

「瘟、瘟神？」

我們兩人同時重複了一次。

「瘟神……妳是說……」

我想定義一下這個名詞，卻一時說不出來。

等等？瘟神到底是什麼？

「那邊。」

瘟神站得筆直，指向舅舅桌上的電腦。

「請用電腦Google一下，就知道『瘟神』是什麼。」

等等，妳也知道什麼是Google啊。舅舅瞪大著眼睛依照她說的將關鍵字丟進Google。

「帶來疫病的惡神。以人的姿態在各地徘徊，進入家中為人們帶來疾病或災禍。」

維基百科上是這麼寫的。嗯嗯，大概是這個意思。

「那個……」

突然要我們Google，本來嚴陣以待的緊張好像頓時洩了氣。舅舅搔著頭問她：

「可以稱呼妳瘟神小姐嗎？」

也對，好歹也算個「神」，是應該尊敬一點。

「啊，不介意的話請坐。」

我竟然還邀對方入座。誰叫人家是神呢。

「我是神，站著也不會累，不過這樣你們應該會不自在吧。那我就不客氣了。」

請坐請坐。瘟神小姐坐下時依然讓人感覺不出重量。我和舅舅也各自坐下，但我們的腳都不自覺地發抖。應該是太過驚訝和緊張的關係吧。

另外還有這位瘟神小姐散發的氣息，或者該說是一種氣場。

「叫我瘟神就可以，不過大概很難啟齒吧？你們也可以叫我小百合。」

「小、小百合小姐？」

這名字確實很適合她，放在她身上簡直再貼切不過。

「這是您的本名嗎？」

「怎麼可能。」

小百合小姐依然一臉認真，稍微偏著頭。

「我們是神，原本不會像人類這樣有名字。只有在跟人類接觸時視需要會使用，就像暱稱一樣。」
「暱稱？」
「對了，我是因為喜歡吉永小百合才用這個名字的。」
她表情嚴肅地這麼說，看來應該不是在開玩笑吧。舅舅跟我都不知道該如何反應。總之我們兩個也一樣面容嚴肅地對她點點頭。
「剛剛那是笑話，你們可以笑喔。」
「這……」
也太難懂了吧！
「請問……」
「是。」
「您真的是瘟神、真的是神明嗎？」
「如果需要證明，我現在就可以立刻讓千佳小姐發燒。四十度左右怎麼樣？不過我並沒有治療能力。」
「不、不用了。」
小百合小姐看看我，再看看舅舅，平靜地點點頭。

「自古以來，我在這個國家就被稱為『瘟神』。網路上說，因為以前的人沒有醫學知識所以才想出這種概念，但實際上如您所見，我真的存在。過幾天兩位就會知道一個足以證明的事實。」

「是什麼？」

小百合小姐看著舅舅。

「隔壁的半田爺爺，現在正在住院吧？」

舅舅一驚，點點頭。

「他明天晚上七點三十八分過世，我跟死神確認過了。到了這個時間死神就會現身。」

「死神？」

對了，死神也是神的一員。

「你們是朋友嗎？」

我忍不住開口問了這個奇怪的問題。不過小百合小姐點點頭。

「我們都是認識很久的老朋友。」

真的是朋友呢。

「『我們』，是指所有的神明嗎？」

「是指八百萬神。」

對，沒錯，我以前聽說過。在日本這個國家有八百萬種神。八百萬指的不是實際數字，是代表總之有很多神的意思。

「瘟神、死神、七福神、窮神、山神、道祖神、氏神、天女、天狗、九十九神，還有福神，大家都是這個國家的神，我們都是老朋友了。不過所謂朋友，當然是套用你們人類的說法。」

我點點頭，原來如此。舅舅忽然緊皺著眉頭，瞪著小百合小姐。

「所以就是妳讓半田爺爺生病致死的？然後死神跟著出現，這就是你們的工作嗎？」

喔，這樣確實解釋得通。小百合小姐搖搖頭。

「不，不是這樣的。半田爺爺的死亡，是因為神已經決定好他的壽命。」

「但妳是瘟神沒錯吧？讓人生病的神。所以說這個世界上因病而死的人，都是因為妳帶來的疾病才死的，不是嗎？」

舅舅的聲音裡帶著憤怒。對，舅舅是一位每天努力幫病人治病的醫生。

換句話說，也就是跟瘟神奮戰的人類。

小百合小姐看著舅舅，偏頭道：

「你真的這麼想嗎？是我帶給人類疾病、讓人類死亡的？如果真是這樣，那你就不可能看見我啊。」

「為什麼？」

「因為這麼一來我們就是互相敵對的兩方。我為什麼要特地把自己的樣子暴露在敵人面前呢？難道神這麼傻嗎？」

聽她這麼說確實也有幾分道理。

「你應該也隱約察覺到了吧。你為什麼能看見我。原本人類應該是看不見我的。」

舅舅依然皺著眉，陷入深思。為什麼能看見呢？

「所以這都是有原因的對嗎？不是必須出現，而是必須出現讓我跟舅舅看見？」

「沒有錯。」

我忍不住和舅舅面面相覷。

原因？為什麼我們能看見她呢？

「我確實會帶給人類疾病。只要我在身邊，人就會發燒、咳嗽，罹患某種疾病。這是事實沒錯。但我這麼做並不是為了讓人類死亡或者陷入不幸。」

那又是為什麼？

「也就是說，傳說中所說的雖然是事實，但並不是全部的真相，對嗎？」

小百合小姐聽了輕輕點頭。

「當你們知道真相，確實理解後採取某種行動時，假如你們的理解是正確的，那我會再次出現在你們面前。」

這個瞬間小百合小姐消失了。什麼都沒有留下。

我們兩人瞠目結舌地盯著小百合小姐剛剛坐過的椅子看了好一會兒。接著舅舅深深嘆了一口氣。

「果然是這樣。」

「什麼？」

舅舅臉上露出一絲笑容，看來像是有些為難的苦笑。

「什麼意思？舅舅，你發現了什麼嗎？」

嗯……他沉吟了一陣子，拿出那本黑色筆記本翻了翻。

「既然千佳妳也看得到，我問妳，妳看到中島太太時有什麼感覺？」

「感覺？」

嗯。舅舅點點頭，看著我。看到中島太太、看到小南媽媽時的感覺嗎？

「我覺得她很累。好像對自己打扮不怎麼在意，小南明明是個可愛的孩子，她好像也不太在意孩子身上穿的衣服，可能生活得很辛苦吧。」

沒錯，我觀察了中島太太之後想到了這些。

「我也這麼覺得。另外，那位小百合小姐跟著的所有媽媽或者家長，都讓我有這種感覺。」

這表示……

「咦？這是什麼意思？」

舅舅闔上筆記本，接著看著自己的手。將手掌打開、又握緊。

「不是有句話說，醫師能妙手回春嗎？」

「對啊。」

「疾病或者傷口，經過醫生之手的醫治，就能夠痊癒。」

那並不是比喻呢。舅舅繼續說：

「都是真的。孩子身體不舒服的時候，如果最愛的爸爸或媽媽問他們『還好嗎？』，把手放在孩子額頭上，光是這樣孩子就能感到安心，身體也會舒服很多。這樣就可以提高免疫力。肚子痛的時候媽媽摸一摸，就可以慢慢治好。妳應該也有類似的經驗吧？」

「有。」

我還很小的時候，媽媽溫柔的表情、溫柔的聲音，她手一摸我就覺得身體舒服了一些。我還有這種記憶。

「父母親也一樣，當孩子身體不舒服時都會多看兩眼。平常疲於奔命、忙著生活，可能沒辦法多陪孩子，可是孩子身體不舒服時，大人就會變得很溫柔，然後再次仔細確認孩子的狀況，重新找回為人父母的本能。」

確認孩子的狀況。

「我隱約覺得，貓澤太太、蘆田太太、萩尾太太、矢倉太太、中島太太，都為了生活奔波十分疲憊，所以沒能好好照顧孩子。說不定家裡的生活狀態很糟糕。也許經常熬夜，也沒辦法好好吃飯，可能完全沒發現孩子心裡覺得寂寞。我猜可能正處於這種狀態吧。」

「所以孩子會生病是因為？」

不……

「瘟神小百合小姐讓孩子生病，是因為……」

舅舅輕輕點點頭。

「為了讓媽媽們能溫柔對待孩子，為了讓她們好好面對孩子、改變她們的生活，她才敲響了這個警鐘。唯有維持正確作息和開朗的心情生活，讓孩子像個孩子，生活得充滿活力，才能讓人類原本擁有避免疾病靠近、讓身體恢復的免疫力能增加，或者更加穩定。」

舅舅說，一定是這樣。

隔天起，舅舅放下過去的冷淡、公事公辦的態度。他對再次來看診的中島太太溫柔微笑。

「怎麼樣，中島太太，最近很忙嗎？」

中島太太顯得有點驚訝。

「我看不只小南，媽媽臉色也不太好看。有好好吃飯嗎？」
舅舅很溫柔地對她說，表現得真的很擔心。中島太太稍微苦笑著說：
「就是啊，最近有點忙。」
她輕輕摸摸小南的頭。
「都沒什麼時間好好陪她，我都覺得她最近一直生病是不是因為這樣。」
舅舅微笑著輕輕點頭。
「日子一定很辛苦吧，不過還是要注意規律生活喔。好好吃飯，每天笑著過日子。光是這樣就可以趕走小感冒呢。就結果來說也不用常跑醫院，還能節省醫藥費呢。」
最後他還開了點玩笑。中島太太也稍微笑了。
「醫生說得沒錯。」
「如果想見我的話那就另當別論了。」
這次中島太太真的忍不住笑了出來。
「很多媽媽真的都這麼說，醫生您要小心一點啊。」
她格格笑出了聲音，小南也被感染開心地笑了起來。我還是第一次看到中島太太這麼開朗的表情，就連我也不由得露出了笑臉。

「沒錯沒錯，就是要這樣笑。俗話說笑門福必來啊。」

這時小百合小姐她……

悄悄地出現在中島太太和小南身後，對著我和舅舅微笑。

她微笑著，點了點頭。

就像在對我們說，這樣很好。

我沒有對舅舅說，但是我事後這麼覺得。

說不定小百合小姐並不是瘟神，而是福神。

因為舅舅開始開朗溫柔地對待患者之後，連平時也變得開朗許多。

結果他交到了女朋友，最近也快結婚了。舅舅因為討厭自己太受歡迎，開始對人冷淡。我覺得瘟神那麼說可能是為了給他上一課，讓舅舅重拾原本的開朗。

當然我也不知道真相啦。

畢竟，誰會知道神真正的心意呢。

不動的道祖神

我工作時偶爾會聽見聲音。

這些聲音可能是怒吼、咋舌、生氣等等，多得不得了。對，我覺得人類真是糟透了。雖然我也沒資格說別人啦。從很多方面看，我自己也是個糟透了的人，不過對一個只是單純在執行自己工作的人類，有個很難的形容詞叫什麼？叫番癲？是嗎？犯不著這樣番癲地對人生氣吼叫吧。

所以我說人類真是糟透了。

指揮交通是我的工作耶。這裡在施工所以請繞路、只能單向通車、請稍等一下等卡車開出來等等，只不過是拜託這些事而已耶。

我還得低下頭，一次一次說著「麻煩您多多配合」。結束之後還得道謝。我可是每次都有好好道謝，「感謝您的配合。」

可是！

「搞什麼啊！」

搞工程啊，看不出來嗎？

「慢吞吞的！」

那也不是我的錯啊。

「路上躃死了！」

有什麼辦法，就說了在施工啊。

我當然不會這樣回嘴，偶爾會在心裡這麼說，但還是會乖乖陪笑臉，不斷低頭哈腰。因為手冊上一定會這麼寫，不管路人再怎麼抱怨，也不能回嘴。

不過像這樣一天裡如果被罵太多次，真的會有種想殺光全世界人的心情。當然不會真的這麼做啦。我雖然是個爛人，但不至於爛到這個地步。人類生命有多沉重我還是知道的。

記得好像是阿嬤告訴我的。

我是阿嬤帶大的，阿嬤個子嬌小可愛人又溫柔。我爸媽都在工作，經常都是阿嬤煮飯給我吃。

別看我這個樣子，餐桌禮儀一點也不馬虎。跟工地現場的人一起吃飯時經常被稱讚。說我姿勢很好、很會用筷子、很會吃魚等等。長大之後回頭想想，發現這些都是阿嬤教我的。

阿嬤死的時候我真的很難過。阿嬤嚥氣之前，那叫什麼？臨終嗎？她那時候對我說：「再也沒有什麼比命更重要，不管是你的命或者別人的命都一樣。」

阿嬤說，殺人跟殺掉自己是同一件事。所以我發過誓，不管怎麼樣都絕對不會殺人。

剛剛本來在說什麼？

啊，對了。雖然經常被人罵、被人兇，偶爾也有人叫我是真的有事。特別是在有人行道的現場。

不是慰勞我「辛苦了！」或者「很累吧！」對啦，聽到那些話確實也滿開心的。對方可能只是習慣，或者沒多想就順口一說，但聽了還是很開心，工作起來心情也會特別好。我覺得這種事真的很重要。這些話也輪不到我來說就是了。

假如人類可以好好替對方著想，就不會有紛爭了。說得誇張一點，這個世界上就不會發生戰爭了。

話題又跑遠了。

對了，我聽到有人跟我說話。

「不好意思。」

我猜那個女孩年紀應該跟我差不多，或者比我小一點點。說不定還是高中生吧。蓬鬆的上衣下面搭配著緊身牛仔褲，看起來有點著急，我看著她小跑步經過。

工地現場已經留出了人行步道，我只需要提醒大家腳下鋪有鋼板，經過時請小心，算是輕鬆的誘導工作。這種現場大概算是最輕鬆的一種吧。

所以當時我也正想反射性地說出「請小心腳邊」這句台詞。不過……

☆

「不好意思！」

聽到一句焦急的聲音。

「是？」

我也驚訝地回話。剛剛沒看到對方的臉所以沒發現，現在一看發現是個挺漂亮的女孩。

「我在那邊撿到的。不過我有點趕時間，來不及送去派出所，也不知道這附近哪裡有。」

那女孩一臉為難，向我遞出了一個女用皮夾。

「啊……」

我曖昧地回應了一聲，有點猶豫。其實這種時候該怎麼辦手冊裡也寫了。也不知道大家是怎麼想的，很多人都會想把撿到的東西交給我們這些指揮人員。因為東西掉在路上，所以會想交給在道路施工現場工作的人，好像也很理所當然啦。

「很抱歉，我們之後就要前往另一個工地，這些東西我們無法保管。」手冊上大概是這麼寫的。如果不是皮夾，比方說是雨傘之類的，代為保管也不會出什麼大問題的東西就收下也無妨，但皮夾就不太妙了。因為不知道之後會不會引發什麼糾紛。

不過那女孩看起來真的很趕時間。她氣喘吁吁，散發出一種束手無策的緊繃感，一臉凝重地盯著我看。

身為交通指揮人員當然不應該收下，可是身為一個人類應該可以吧？只要代替在趕路的人把皮夾送到派出所就行了。其實派出所就在車站附近，轉過前面那個彎就到了。

「我知道了。我會送去派出所的。」

「謝謝你！那就拜託了！」

「那個，請問妳叫……」

叫什麼名字？畢竟是皮夾，到了派出所得登記拾獲者的名字還有住址。我正想這麼說。但那女孩很快地對我鞠了一個躬，就飛也似地離開了。

留下這個淡粉色的皮夾。看來她真的很急吧。

☆

休息十分鐘時我回到休息室，看到了中道先生、阿中哥。我們已經很久沒見，見到他我很開心，笑著跟他打招呼。

「辛苦了！」

身穿反光背心的阿中哥轉過頭來。

「喔喔，是八島啊。你今天是這裡的班啊。」

「是啊。我們很久沒見了呢。」

就是啊。阿中哥笑了。他留著夾雜了白髮的平頭，個子不高，但體格很結實。聽說他以前是相撲選手，確實很有那種感覺。我們的工作不太需要搬運重物，不過之前我看過他輕輕鬆鬆扛起兩個大人搬動也很吃力的鋼板。說不定這傳說是真的呢。

「那是什麼？」

阿中哥指著我的手。對，那個女用皮夾。

「喔，這個啊。」

我說自己保管了別人撿到的東西，阿中哥聽了微微蹙眉。

「這樣可不太好。很明顯是個皮夾啊。得快點拿去派出所，不然被上面看到會囉唆的。」

「這我知道，下班後我馬上去。」

到我換班還有三小時。阿中哥抬頭看著牆上掛著時鐘。

「那個街口轉過去就是派出所了吧？不然我拿去吧？我還有三十分鐘才

上工，去了再回來時間差不多。」

「啊，真的嗎？那真是太感謝了。」

阿中哥的話我信得過。

「交給我吧，你就好好休息一下。」

阿中哥彎嘴一笑，從我手上接過皮夾離開。阿中哥的笑臉真的好溫暖，一看就是個好人。

「下次再一起去吃飯吧。」

我對著阿中哥離開的背影這麼說，他回頭笑著揮手：「嗯！好啊。」

在那之後又過了兩天。

星期一下午我回總公司確認下一個工作。大家可能不知道，我們交通指揮人員——我想很多人可能連我們叫「交通指揮人員」都不知道吧——其實是保全公司的保全人員。

看，你們都不知道吧？

「交通指揮」其實屬於「交通保安工作」。我在喝酒的地方說起這個，大家都會點頭稱是：「喔喔，原來如此。」當然也是有例外啦。比方說工地現場，有時候也會由建設公司雇用的人來指揮交通。

我是跟這間公司簽約的約聘員工，有時候會進不同現場，例如深夜的大樓保安或者音樂會會場的保安等等，可是以我來說多半都負責交通指揮。誰叫我態度差、也沒什麼了不起的證照，所以不太會被派到跟人接觸的地方。這也都是我自己不好。

「早啊。」

我跟櫃檯的小姐打招呼。

「您早，辛苦了。」

這女孩叫什麼名字來著？她是今年的新人，名字我記不得了。亮出員工證，嗶了一聲之後走進去。好久沒來總公司。這裡麻雀雖小，但好歹也是自己公司的大樓。我們是保全公司，安全上做得滿扎實的。要是自己公司遭小偷或者出現保全上的疏漏，那可就好比染坊老闆穿素衣，面子上掛不住啊。

外觀上看起來還算體面，也有很多身穿筆挺西裝的大叔或者打扮漂亮的小姊姊。這些人負責對外工作。比方說業務或者系統開發等等，然後將爭取到的工作丟給我們這些來執行。

我來到警備部外用課的房間。這裡就像我們這些一直在外工作人的後勤室一樣，有供大家休息的大桌子和沙發，還可以喝咖啡。後面有小睡室，還可以在這裡睡覺。但是我們多半時候人都在遙遠的現場，不會用到這裡的小睡室。

再說，同樣身為保全人員，也是有階級之分的。

比方說運鈔工作、在美術館保護超貴藝術品，這些會影響公司信譽的工作當然得派資歷相當的人去負責。這跟學歷沒什麼關係，主要是信用。當然體力和經驗也會有影響。

所以其實階級高的人比較常用這個房間，像我們這種下面的人就會迴避。說是迴避，應該說我們知道分寸，這樣這個社會才能順利地運轉。

「喔，是八島啊，早啊。」

「早安，好久不見。」

跟我問好的是我上司的上司，藤田部長。他負責管理我們所有現場保全人員，地位很高。

他不是壞人，但人也沒那麼好。就是個一般人。唯一擔心的就是工作進行得順不順利。

其實光是這樣我就滿感恩的。不管我們受傷或者休息或者送了命，這個人都不太在意。與其說不在意，應該說他腦中唯一想的只有該如何分配才不會影響到工作。

光是這樣就佔去了他全副精力。所以說他的能力不過如此，這樣說好像太過分了一點？無法多工運轉的人當上部長這種職位，大概就是所謂公司的機制吧。

「跟八島真的很久沒見了呢。」

「是啊，幾個現場都離這邊很遠。」

我可不會對他說，安排我去那些地方的不就是你嗎？他一定不記得吧。畢竟公司有那麼多保全人員。

他從文件夾中拿出工作分配表。這樣大概可以知道我接下來一個月的工作分配。其實我也收到了群發的郵件，上網也看得到。

不過在現場還是紙張最方便。智慧型手機或平板雖然方便，但是紙張摺疊之後放進口袋，一點也不礙事。拿著平板又不會影響到工作的，只有上面那些不用到現場工作的人而已。

我直接走進吸菸室。這裡的吸菸室非常寬敞舒適，是因為在現場工作人的抽菸率很高。點了一根菸，開始確認我自己的工作。下次的現場離家好近啊，這樣輕鬆多了，真好。

「咦？」

我偏了偏頭。奇怪了。我把菸丟進菸灰缸，離開了吸菸室。

「部長。」

「嗯？怎麼樣？想換地方嗎？這次工作安排比較鬆，應該有機會喔。」

大概因為看到我拿著工作分配表他才這麼問。

「不是啦。阿中哥怎麼了？工作分配表上為什麼沒有他？」

阿中哥上了年紀，我本來擔心他是不是生病了。結果部長稍微皺了皺眉，點頭道：

「中道先生啊，他說因為自己私人原因，希望能休假。」

不可能。

很遺憾，這些謊言是過不了我這關的，藤田部長。
我將手放在桌上，猛地往前一靠。他嚇到身體往後仰。
「你、你幹嘛？」
「他怎麼了？我不會告訴其他人，請跟我說實話。」
我小聲地說。抱歉了部長，我不是有意威脅，但是我這個人好像自然而然就會展露出迫力。藤田部長看著我，眨了幾下眼後，「呼～」長長吐出一口氣。
「我記得八島你跟中道先生很要好吧？」
喔？部長也知道嗎？還以為他對我們私下生活不感興趣呢。他瞥了一眼周圍。
「去吸菸室吧，那裡應該沒有其他人在。」
得在沒人的地方才能說嗎？阿中哥到底怎麼了？我們兩人並肩再次走進了吸菸室。
「抽嗎？我的。」
「謝謝。」

萬寶路嗎？原來藤田部長也抽菸。看來我也不太了解藤田部長呢。該好好反省一下。

部長呼～地吐出一口煙，看著我。

「中道先生他三天前在現場撿了皮夾。」

所以呢？他確實把我保管的東西拿去派出所了，但我沒有說這些。

「然後呢？該不會只是這樣就因為違反服務規定要求他停職吧？」

「不會啦，畢竟他基本上做了好事啊。不過，阿中哥撿到的皮夾主人去了派出所。」

來了？那很好啊。那女孩知道了應該也會鬆口氣吧。

「可是皮夾的主人說，皮夾裡的現金全都沒了。」

「啊？」

錢沒有了？

「所以才……」

藤田部長急忙擺擺手。

「不不不、對方並沒有懷疑是中道先生偷的。但實際上送去派出所的皮夾裡現金真的都沒了。中道先生老實地告訴了派出所自己的身分，擔心有個萬一，公司也接到了聯絡。」

「那中道先生為什麼會被停職呢？這跟他又沒有關係。如果錢是他偷的，怎麼可能還送皮夾去派出所？大可把皮夾直接丟掉啊。」

「你聽我說完嘛。」

他一臉為難。

「警察也沒有要逮捕中道先生。不過既然我們接到了警方的電話，說因為如何如何所以需要確認事實等等，那就算我不想也得跟公司上級報告啊。」

「但是誰也不知道皮夾裡本來是不是真的有錢不是嗎？」

「你跟我抱怨也沒有用啊。」

話是沒錯啦。

「總之呢，站在公司的立場，既然發生了這種事，希望他可以暫時休息一陣子。我們畢竟是保全公司，雖然是保全公司的約聘員工，一個正常工作的員工因為金錢問題被警察問話，這可會變成大問題的。所以這也沒辦法。」

部長繼續說，公司並沒有要開除他。

「請他休息一兩個星期，如果之後沒有其他問題，應該就可以回來了。」

我不由得火冒三丈。

雖然火大，但是我也不至於年輕氣盛、或者糊塗到因此大聲怒罵或者遷怒。

我想阿中哥應該暫時被解約了，也就等於被開除了。假如因為這件事出了什麼問題，那公司大可說我們跟這名員工已經解約，本案跟敝公司沒有任何關係。

所謂的公司、所謂的社會就是這麼一回事。

我嘆了一口氣。

「阿中哥會領到薪水吧？」

「當然啊。」

部長用力點點頭。

「到當天的薪水都會付給他，另外……」

他在這裡頓了一頓，確認附近沒有其他人後。

「你別跟別人說，我也給了他一些零用金。之後我這邊會結算。我讓他休息的期間先用那些錢過日子。」

「喔，真的嗎？」

部長你挺行的嘛。零用金就是我們在現場的零用錢。現場工頭可以視當天狀況買咖啡給大家，假如出了什麼差錯便當沒送到，也可以用這筆錢去吃午餐。這筆錢可以在現場自由運用，之後再憑收據請款。當然，除非例外情況，多半都只能用在飲食上，但這也足夠了。休假期間最頭痛的就是三餐了。

部長把零用金給了阿中哥。

「部長你很厲害耶，真了不起。」

也沒有啦。他有些難為情。原來藤田部長這個人挺不錯的嘛。我一直以為他是個只會聽令辦事的管理職階層。

「像阿中哥這種資深又受大家信賴的人，是公司重要的資產。現場沒有這種人在怎麼行。我也是有在動腦筋的。」

嗯。我點點頭。

「我知道了。那接下來就只需要替阿中哥洗刷嫌疑就行了吧？」

「不，這應該不可能吧。我希望你不要輕舉妄動。」

我想，應該不會有問題的。

「部長，其實最早保管那皮夾的人是我啊。繼續這樣下去我心裡很不好受。」

「什麼？是這樣的嗎？」

總之，我決定去見阿中哥。

阿中哥租的公寓距離練馬車站大概十分鐘，是間小小的舊公寓。看上去一點特色都沒有的普通、不，比普通要更破舊一點的老公寓。鐵製樓梯上都是鏽蝕，建築物本身也很黯淡。

我以前沒去過，但地方我是知道的。這也是當然。

去之前我打過電話，阿中哥在家裡等我。

「啊，八島，歡迎歡迎。」

跟平常一樣，他露出宛如好人好事代表般的笑臉迎接我。

「阿中哥，我帶了東西來。」

我遞出手上超市的袋子。這應該是我們之間最受歡迎的禮物。速食杯麵。不會腐爛，隨時隨地只要有熱水就能吃。

「不好意思啊，不用這麼客氣的。」

狹小公寓裡只有廚房跟一個房間，但是這裡的廚房已經比我家的廚房大又好用。生活經驗豐富的阿中哥好像還會自己下廚，家裡很有生活氣息。廚房裡有張小桌子，我坐在桌前。榻榻米上也有張小矮桌，但是我不太習慣坐在地上。阿中哥熟練地泡著茶，喝了之後我才開口。

雖然阿中哥已經知道我要說什麼。

「阿中哥，你為什麼不說呢？為什麼不堅持自己什麼都沒做呢？只要你說一開始那皮夾是我收下的，我被罵兩句也就沒事了啊。」

不不不。他笑著。

「無所謂啦，我收下了皮夾是事實，警察也沒有懷疑我。這件事只要休息幾天就能解決。反正我也剛好想休假了。」

「就算這樣也……」

我不可能拿錢，阿中哥也沒有拿。這一點我們都很清楚，理所當然。

假如那個皮夾裡的錢真的消失了。

「沒有確認皮夾內容是我疏忽了。如果本來就沒有錢，那麼該懷疑的就是把皮夾交給我的那個女人。」

假如皮夾裡本來就沒有錢？

「就表示是來拿皮夾的女人說謊啊。」

這樣的話得請警察調查清楚，否則之後可能還會有其他問題。

「為什麼老是什麼事都要自己擔呢？阿中哥，這是你的壞習慣啊。」

「也是啦。但是這種事也無從確認起。」

阿中哥有點害羞地笑著低下頭。

「警察後來也說了。假如錢是我拿的，也沒必要特地把皮夾送來派出所，一定是皮夾主人搞錯了。」

「但是萬一那個女人想告你怎麼辦？不是沒有可能吧？尤其最近這種世道。對方有沒有說皮夾裡放了多少錢？」

嗯。阿中哥點點頭。

「她說五十八萬。」

「五十八萬？」
聽起來就假假的。
「這是一筆大錢耶。」
「就是啊。」
「為什麼放這麼大一筆錢在皮夾裡？那個女人家裡很有錢嗎？」
皮夾看起來確實很貴，放了大筆錢也不奇怪。不過不上不下的金額聽起來也不像在說謊。
阿中哥「呼～」地吐出一口氣。
「她家裡應該狀況很多吧。」
是嗎？
「是嗎？」
「我猜應該是吧。給你皮夾的女孩，長得什麼樣子？」
也不知道他從哪裡變出來的，我眼前放著素描簿和鉛筆。
好！
我馬上開始動筆畫。

對方的臉我記得很清楚。因為她長得很可愛，所以印象特別深刻。沒幾分鐘我就畫出了拿皮夾給我的女孩肖像，給阿中哥看。

他一看就點了點頭，「嗯。」

「果然沒錯。」

說著，輪到阿中哥開始畫。

「我見到了來拿皮夾的那個女人。」

「你嗎？」

「派出所打了電話給我。我剛好有空。她看起來不像個會詐欺騙錢的人。不是一個會把原本沒有的東西說成有，來陷害別人的女人。」

說話的同時，阿中哥繼續動著鉛筆，然後終於畫好了。

「來拿皮夾的就是這個人。」

打開素描簿。左邊是我畫的拿皮夾來的女孩，右邊是來拿皮夾的女人。

一個中年女人。

確實，這張臉看起來並不像會詐欺的壞人，反而更像容易受騙上當的人。

而且，這並排的兩張臉非常相像。

就像母女一樣。

「阿中哥，這……」

「是吧？」

「好像啊。」

「非常像，眼睛附近簡直一模一樣。」

臉型和嘴型也很接近。如果找一百個人做問卷，大概有九十個人會回答這兩人是母女吧。其中大概有十個人會回答是姊妹。

「這兩個人之間應該有什麼隱情吧。我猜拿皮夾給你的那個女孩應該猶豫了很久，所以最後才選擇把皮夾交給你。」

她很猶豫嗎？

「而她的母親見到了你？」

「嗯。」

他笑著點頭。

「我看到了她的住址。距離工地現場、也就是派出所並不遠。把皮夾交給你的那個女孩不可能不知道哪裡有派出所，因為那裡離車站很近。」

「是嗎？」

這兩個人一定是母女。只有這個可能。

那兩個人之間一定有什麼事。不、從狀況來看，有問題的應該是媽媽那邊吧。

她不得不把鉅款放在皮夾裡。而知道這件事的女兒設法阻止？

「嗯……」

我們兩人互看了一眼。

「看來輪到我出場了。」

「可能是時候了。」

好！我知道了。

久違地張開我的翅膀吧。

☆

到了晚上。

阿中哥還記得住址，我們馬上就找到了目標。距離當時的工地現場真的很近。

那是住宅區裡的一間小屋。算是獨棟建築，不過已經很舊了，應該是上一輩，也就是拿皮夾給我那女孩的祖父母輩蓋的吧。屋頂上的屋瓦有些已經很老舊了。要是不更換屋子會漏雨的。

家裡的氣氛很凝重。

只有這對母女在。

先生單身在外地工作嗎？大概是這種家庭吧。

母親長得跟畫裡一樣，不、甚至比畫裡更普通。實在不像會在皮夾裡放鉅款隨身攜帶的人。

啊，確實是那女孩。果然是高中生。看她的教科書現在應該是二年級吧。明年就要考大學、或者出社會工作了。不管怎麼樣，現在這個樣子她應該無心準備考試吧。

問題還沒有解決。如果已經解決，氣氛就不會這麼陰沉凝重。

嗯，典型走向家庭瓦解的感覺。

顯然這件事不能跟父親、跟自己的丈夫商量。這麼一來就會被發現那筆錢原本的用途。

無所謂。

我的任務只有引路。

把迷路的人，帶到神的面前。

「什麼？」

是她的聲音。抱歉啊，打擾妳念書了。

「這是什麼？鳥？振翅的聲音？」

沒錯喔。

我是鳥。

鳥振翅的聲音。可以立刻說出「振翅」這樣的形容，真是難得。

「美砂！美砂！」

樓下傳來母親的聲音，好像發生了什麼非同小可的事。原來她叫美砂啊。是個好名字啊。

美砂慌張離開房間前往客廳。

「媽！怎麼了！」

「美砂！妳看！烏鴉！」

「烏鴉！？」

對。

烏鴉。

不是普通的「鳥」。

在妳們客廳盤旋的烏鴉，腳下抓著什麼。

「錢！」

對，是錢。

五十八萬日圓。

美砂從皮夾裡抽出的錢。

那麼這突如其來出現的詭異烏鴉，要把這些錢帶去哪裡呢？

妳們看到烏鴉離開了房間。

心裡很害怕，不知道發生了什麼事。

但是總覺得烏鴉的聲音像在叫喚自己。

所以妳們走出了玄關。

烏鴉就在那裡。離開了玄關。

妳們就像著了迷似的跟在烏鴉身後。兩人說著，得追上才行，開始跑了起來。

誰叫烏鴉拿走了錢呢？被美砂偷偷藏起來的那筆錢。

奔跑在夜晚的街道上。

追趕飛在暗夜中的烏鴉。

不要緊，門窗我會關好，不用擔心。

妳們家真好。夠老舊，也有很多好東西。很多可以簡單變成「九十九神」的東西。一定都是祖母很珍惜的東西吧。

我會叫他們關好門窗的。

妳們追在我身後，終於到達了。

到達迷惘的人終於要面對的分岔路。

在這裡，立著一尊佈滿青苔的道祖神。

☆

「啊，阿中哥。」

一星期後。我跟復職的阿中哥又在休息室巧遇。我今天已經收工了，阿中哥相隔了十天重回現場，換上了工作服。

「之前真是辛苦你了。」

阿中哥笑了。他的笑容真的讓人很溫暖。附近沒有其他人在，阿中哥坐在更衣間的榻榻米坐墊上，點了一根菸問我。

「後來那兩個人怎麼了？」

「嗯。」

我微微點頭。

「那筆錢是媽媽打算倒貼給牛郎的錢。」

「喔，是嗎？」

其實我也隱約感覺到了。因為那個媽媽看起來很脆弱，我是說意志力。

「先生單身去外地工作很長時間，她懷疑先生可能有外遇。一個人很寂寞，女兒又正值反抗期，後來在別人邀約下開始出入牛郎店。
「然後漸漸沉迷於牛郎，被女兒發現了。」
「原來是這樣啊。」
所以女兒拿著皮夾跑了？
「她說趕時間，是因為媽媽在後面追嗎？」
「好像是。」
所以她把母親本來要給牛郎的錢抽走，只把皮夾交給我？
「把錢從皮夾裡抽走這我可以理解，但是為什麼要把皮夾交給我呢？」
阿中哥偏頭這麼說。
「她沒有能商量的對象，當然也不可能告訴父親。所以只是很單純地想，假如弄到警察那裡，媽媽應該也不會繼續做傻事了。可是又不知道怎麼讓警察發現這件事，很害怕警察。」
「所以想到可以把皮夾當遺失物品送去警局？」
「是啊。她心想，假如皮夾裡的錢不見了，警察應該也會覺得奇怪。聽說媽媽也怕了，不再上牛郎店了。」

我笑了。真是荒唐的解決方法。都已經高中生了，還這麼幼稚。我說美砂啊，妳就不能再多用點腦子嗎？不過她真的是個很認真的孩子。當時一定很驚訝、很慌亂，非常不知所措吧。

「多虧如此，才可以見到阿中哥，只要有好結局就皆大歡喜了。」

阿中哥苦笑了起來。

「我只是告訴她該走的方向而已，讓她知道往哪個方向比較安心。重要的是往後。該怎麼重建一個瀕臨崩潰的家，都看她們自己了。我什麼都無法插手。」

「我看應該沒問題吧。」

是啊。阿中哥點了點頭。

「可以的話，我也希望幫她們樣樣打點好，但是這樣對她們沒有好處。」

「就是啊。」

要改變什麼，都得靠自己的力量。全靠他人給予建立起來的幸福，一點價值也沒有。

「好！」

阿中哥拿起安全帽。

「我該上工了。走嘍！」

「慢走啊。再見！」

嗯。點點頭，阿中哥離開了休息室。

走向路上，我們工作的場所。

道祖神的工作也真不輕鬆呢阿中哥。得一直一直一直待在同一個地方，待上很久很久。

像我這種擔任神明使者的八咫烏，只要四處飛，把迷途的人帶回來就行，工作真是輕鬆多了。

一個人的九十九神

大學畢業一年，我成了就職浪人。

我也並沒有眼高手低。我是美術系畢業的，希望從事平面設計工作。

我想當個平面設計師。

應徵了不少地方，但地方都市就是這麼可悲，很難找到我期望的職種。可是我又不想去東京。東京雖然是個搭電車兩個小時就能抵達的大都會，我也有很多朋友都在東京打拚。

經常有人說我，「信哉你就是不夠有野心」。我本人並不覺得自己膽小或者缺乏鬥志，我只是單純覺得想在自己出生長大的地方生活而已。

我也想過自己一個人生活。但就順序上來說，最好是找到工作之後靠自己力量領到薪水、用這筆錢來找房子。大概會是這樣。總覺得靠父母親給的錢來獨立生活有點說不過去。

但我沒有工作。一直找不到工作。

當然也可以找個完全不一樣的職種，然後慢慢朝著實現夢想的方向邁進，可是我擔心在日常工作中，不知不覺會失去自己的希望。我不覺得自己的意志力有那麼強。

所以畢業後的一年我單純靠打工來存錢，希望自己一找到工作就能馬上獨立。當然，我從以前就存了不少小時候領的紅包。

今年春天，我很幸運地以平面設計師的身分進了當地一間印刷公司。

我運氣真的很好。其實一年前我也應徵過這間公司，但是當時他們只有一個名額，最後錄用了另一個人。也不知道為什麼，那個人沒做多久就辭職了。

雖然是間小公司，但在地方上已經有五十年歷史，是間穩健踏實的老字號。雇用條件並不差，去面試時我也感覺到公司的氣氛不錯，可能是那個人能力實在太差，或者家裡出了什麼事吧。

姑且不管原因，總之多虧如此，我才得以接替他的位置，四月終於有了正職。

這是我二十三歲的春天。

『太好了，這都歸功於我每天晚上虔誠祈禱。你要好好感謝我！』

「你還祈禱？少騙我了。」

『真的啊。』

「神明為什麼還要祈禱?反了吧。」

白天,我們在廚房聊天。

爸爸去上班了,媽媽跟好久不見的朋友在附近聚會吃午餐,也不在家。

我是獨生子,沒有兄弟姊妹。用微波爐熱了老媽替我準備當午餐的炒飯,一個人在廚房裡用餐。

我們在這裡交談。

『每種神明的管轄範圍都不一樣,我可不是負責實現願望的神。』

「管轄?我看你什麼事都沒幹嘛。」

『胡說。你吃的那美味的米飯不就是我煮的嗎?能煮出那麼好吃的飯,全日本大概也只有本大爺了。』

「煮飯的是我媽,而且吃起來跟用一般電鍋煮的差不多好吃啊。」

『講這個就傷感情了。』

我在跟一個老釜說話。

不是老婦,就是個一般的、很老舊的釜。

很有歷史的鐵製帶木蓋的釜。在外面餐廳吃釜飯時不是會有這種嗎?迷你的小釜，我這個是正常大小的釜。

媽說過，以前家家戶戶都會用釜煮飯。不過我媽今年四十八了，她出生的年代已經改為用瓦斯煮飯的大釜，現在又換成電鍋。

所以用這個大釜煮飯的記憶，應該是在外婆家、曾外祖母還在的時代吧。那裡非常鄉下，聽說現在還有個大灶，雖然已經沒在使用。

而曾外祖母和外婆用過的那個「老釜」，現在就在這裡。

在我家的廚房裡。

而這傢伙就像這樣，正在跟我說話。

他說，自己已經成了所謂的「九十九神」。

這傢伙沒有名字，所以我都叫他「喂」，我是上幼兒園時發現他存在的。

我也不記得為什麼了，當時我躲在院子一角的小倉庫裡。可能是因為喜歡狹窄的地方，或者是自己正幻想著在跟別人玩。

倉庫裡放了很多東西，在那裡靜靜待了一陣子，我莫名開始一一確認這些東西。

然後我就聽到聲音了。

☆

『喂！』

「什麼？」

『是我啊。』

「我？是誰？你叫什麼名字？」

『我沒有名字，無法回答你。我是個老「釜」。』

「老釜？」

『你不知道煮飯用的道具嗎？現在你們好像都叫電鍋吧。』

「老婦先生？」

『別這樣叫我，很容易被誤會的。』

「你在哪裡？」

『架子最上面的後方。你應該搆不到，得先站到其他台子上。』

「喔，你說這個嗎？」

『對對對，就是這個。哇～已經好幾年沒有接觸到人手的溫暖，我都要掉眼淚了。』

「你哭了？」

『沒有，我不會哭的。』

「你在這裡幹什麼？」

『幹什麼啊。喂，你該不會是阿貞的孫子吧？』

「阿貞？那是我外婆的名字。」

『喔喔喔，這樣啊。阿貞竟然有這麼可愛的孫子，太好了太好了。』

「你認識我外婆？」

『當然認識。不只你外婆，你曾外祖母我也認識。』

「喔～」

我一點也不害怕。可能因為年紀還小，心裡只覺得釜會說話，讓人感覺有點興奮。其實「釜」這個字我也是那個時候才第一次學會。

從那之後。

這傢伙就一直待在我家廚房。

是我拜託的。正確來說，是老釜要我去拜託家人的。「我應該待在廚房，不是倉庫，請帶我過去吧。」所以我把滿是灰塵的老釜從倉庫裡拿出來，拜託母親用這個煮飯。

我媽很驚訝。我到現在還記得她當時的表情。

不過後來我才知道，那陣子的我，是個不太愛出門，總之極度安靜、非常內向的孩子。

其實我真的記不得了，不知道幼兒園時期的自己原來是那個樣子。

我不想跟任何人玩，不跟人說話，也不表露喜怒哀樂，父母親都很擔心我。

而這樣的我竟然積極地提出這樣的要求，所以父母親也都很努力想回應我的期望。這個老釜外婆捨不得丟、一直收在倉庫裡，已經放了幾十年，父親將它洗乾淨，母親則把老釜放在瓦斯爐台上，嘗試煮飯。

據說好像不太容易。因為那種釜的形狀原本是設計用在灶台上。但是要放上瓦斯爐台的爐架上也不是不行，於是母親試了試，調整火力還失敗了好幾次。

不過在她多次挑戰下，母親終於學會如何用瓦斯爐台炊煮釜飯。煮出來的米飯真的很好吃，父母親也都為此感動不已，不停稱讚釜飯的好。

自此，這就成了我家的習慣。用這口老釜炊飯。

家裡也有電鍋。我念中學、高中時，一大早要做便當用有預約功能的電鍋比較方便，所以早上用的一直都是電鍋，但晚上就會用釜煮飯。

不過知道這傢伙不是一般的「釜」而已經成了「九十九神」的，只有我一個人。

也不知道為什麼，這傢伙在父母面前什麼都不說。我問他為什麼，他說本來就是這樣，其實他們不太會在人前展露真面目。

「不過呢，」

我吃了一口炒飯後說。

『什麼？』

我看了一眼這個老釜。釜上有用麥克筆畫的眼睛。

那是我幼兒園時畫的，後來只要變淡，我就會不斷重畫，都已經過十幾年了。我會對視覺設計這一行有興趣，說不定就是因為畫了他眼睛的緣故。

我現在畫的是古早少女漫畫裡會有的那種帥哥大眼睛。畫了眼睛之後釜還是釜，並不會因此能動起來。

「說不定真的是這樣。」

『怎麼樣？』

「我說，我能順利找到工作，說不定真的是多虧了你。」

『喔？你為什麼這麼想？』

因為……

「我家到目前為止可以平安無事、一切順利，都是因為有你在啊。克服離婚危機完全都歸功於你的存在。」

因此，我才能繼續平穩地生活，也才能找到工作。

『幹嘛突然說這些奇怪的話，「九十九神」要的是別人恐懼，被感謝像什麼話！』

「剛剛不是還叫我感謝你嗎！」

『那是我一時口誤。』

其實我沒有誇張也不是客套。

這也是我最近才知道的，我家曾經面臨夫妻離婚的危機。能夠克服危機，都是因為我當時只願意吃老釜煮出來的飯。

這個我也不記得了，當時的我不但完全不跟外界溝通，吃得也很少，大家都擔心我可能活不久。可是唯有用老釜煮的飯，我一反常態地願意吃。一旦到外面吃飯卻又恢復不愛吃東西的樣子。只有在家裡用老釜煮的飯，我會願意好好地吃。

全家一起，好好在家吃飯。

我父母親開始每天實踐。他們也聊了許多，後來決定不走上離婚一途，兩人一起繼續為了這孩子好好努力。

人生真的不知道會面臨什麼樣的轉機。而帶給我們家轉機的，確實就是這口老釜，我深深覺得家裡有神明在真好。

話說回來，「九十九神」到底是什麼？

我在網路上查過，這是日本獨特的民間信仰概念。日本有「八百萬神」的概念，簡單地說，就是所有東西上都有神明。外婆也說過類似的話。她說：「要好好對待廁所跟枕頭的神明。」

廁所要保持清潔，枕頭不可以用腳踩踏。

同樣的道理，家裡長久使用的道具裡，都有神的靈魂什麼的潛藏其中，所以不可以隨意對待。「針供養❷」講的大概也是同一件事吧。

如果要擴大解釋，我想這就是一種要人愛惜物品的儉約精神吧。用心愛護，東西就可以用得長久，隨便粗魯，就會遭天譴。

人類長久使用的東西，像平常使用的餐具或鍋釜之類的，可能會有神靈附體，開始講話或行走。現在也留下了不少古早時畫的知名繪畫，例如鍋釜長出手腳在走路的畫。

這個釜也是「九十九神」的一員。這個曾外祖母和外婆愛用的釜。

我問他為什麼會變成九十九神，他什麼也沒說，所以對於「九十九神」的詳細狀況我也不是很清楚。

說不定連他自己都不知道吧。

公司距離我家只有一站，所以其實也不用刻意搬出去住。不過我還是選擇了獨立生活。

就算只隔了一站距離，要搬出住了二十三年的家，還是讓人感觸滿多的。春意盎然的三月，我都花在收拾自己房間還有整理跟打掃上。

新家已經確定了。距離車站和公司都需要徒步五分鐘，地點非常方便，附近有間大超市，購物也不用擔心。

我用自己的存款付了公寓的簽約金，洗衣機、冰箱、吸塵器、微波爐這些家電是父親買給我祝賀我開始獨立生活。我從家裡拿來些多餘的餐具和鍋子，當然是為了省錢。

「喂，信哉。」

一起挑選杯盤、裝進紙箱時，母親問我。

「什麼？」

---

❷ 將折斷、彎曲、生鏽等不能使用的縫衣針，供奉到附近神社。

「你真的要帶這個釜去嗎？」

「要啊。」

「不是也買了電鍋嗎？」

話是沒錯啦。

「我已經習慣了，想試試自己用釜煮飯。如果用不上就收起來或者再拿回來就好啦。」

「也是啦。」

我知道媽一定在心裡碎唸我，真是個奇怪的孩子。我也覺得自己很奇怪。如果有朋友來我家玩，看到廚房瓦斯爐台上放著這麼大一個釜，一定會大笑吧，說是第一次看到這種東西。

不過如果把這傢伙留在家裡，應該沒人會跟他說話。

總覺得不應該讓神明這樣孤伶伶的。

☆

『呦，這房間挺漂亮的嘛。是新房子？』

從紙箱中取出，放在新買的瓦斯爐台上，成為九十九神的老釜立刻開口。

「沒有，已經蓋好五年了。」

『那還算很新啊。不錯嘛。廚房也很寬敞。』

「一個人住的話算很大了。」

其實這也是我喜歡這間房子的原因。一房兩廳的房子，有獨立廚房，而且還有中島式工作檯。我覺得這房子很適合好好下廚。

『冰箱和微波爐都是新的，新的東西真好。你現在終於也是一家之主了。』

「好像真的是這樣耶。」

我向區公所遞交了遷入申請，往後我不再是父親的扶養家族，是這個家的戶主了。這樣看來，我確實是一家之主。

「可是以後咲實再也不會碰到我，真是寂寞。』

咲實是我母親的名字。

「真抱歉啊，以後就輪到我了。」

『一個大男人伸手進來淘米，想想也挺沒意思的。不過也是個不錯的經驗啦，以後請多多關照嘍。』

我一直想，等到自己一個人生活之後一定要好好下廚，用這九十九神的大釜好好煮飯。

但是，這麼一個大釜。

不難想像，完全不適合煮一人分量的米飯。畢竟這原本是用來煮大家族米飯用的大釜。但如果改用電鍋，那這傢伙就完全派不上用場了。

所以我決定，從第一天上班那天起開始做便當。

早餐、午餐和晚餐加起來，我一個人也可以吃三杯米左右的分量。三杯米的話勉強可以用這口釜來煮出好吃的米飯。只煮一杯米時因為量太少，幾乎都成了鍋巴。拿來做成鍋巴料理也不難吃就是了。

「向田，要不要一起去吃午餐？」

第一天上班我有點緊張，被介紹給同一個辦公室的前輩們後，來到自己辦公桌和機器前，著手開始自己被分配到的簡單工作，很快就到了午餐時間。

部長應該是顧慮到我這個新人，才會特意在午休十二點之前來辦公室招呼我吧。

「啊，不好意思，我中午帶了便當。」

「便當？」

部長有點驚訝，同辦公室的女同事也有點反應。很快地，我就成了公司裡知名的「便當男子」。

又過了一陣子，公司裡還傳開我總是趕著下班回家自己做晚餐。

這有什麼辦法？要用那個大釜煮出好吃的飯，至少需要煮三杯米，要是那一天的飯沒吃完，冷凍白飯的量就會愈積愈多啊。

『其實你也不用每天用我啊？比方說一個星期一次之類的也行啊。』

跟他說了我在公司的風評後，老釜這麼對我說。

「話是沒錯啦。但是我都已經下定決心要養成好好用你煮飯的習慣了，得貫徹自己的初心才行啊。」

『信哉啊，』

「怎麼了？」

『我說你這個人認真是件好事，可是太過認真是無法出人頭地的啊。人家說老實人老吃虧，都是真的啊。』

或許吧。

「我說你啊，」

『怎樣？』

「出人頭地這種想法，現在已經不太流行了喔。這種想法太落伍了。」

『說什麼話，我已經出生一百年了，我可是天下無雙的「九十九神」大人。古老賢人的智慧是不會退流行的。』

「可能吧。」

就這樣，我開始獨立生活之後，日子過得還挺開心的。

公寓滿新的，不會聽到隔壁的說話聲，假如聽得到，隔壁鄰居應該會覺得很奇怪吧。明明是一個人生活，怎麼一天到晚有對話聲。

『欸，不過呢，』

老釜說。

『認真也是自古以來的美德。你如果覺得這樣很好呢，那就維持這樣吧。直到我壞掉為止，我都會好好陪著你的。』

「對了，就是這個。」

『什麼？哪個？』

「你好歹也算是神吧？」

『什麼好歹，我百分之百是個神。』

我從小就覺得很不可思議。

「假如你壞了，那會變成什麼樣子？」

雖然是鐵製的釜，但舊了之後也有可能破掉。到時候會怎麼樣？

『破了我還是鐵啊，再重新鍛造就行了。現代也一樣有鍛鐵店吧？拿去修理就行了。雖然得花點錢，到時候再拜託你嘍。』

「你不會死吧？」

呵呵。我聽到他的笑聲。

『神怎麼會死啦，又不是你們人類。』

原來是這樣啊。

神要是死了，可就好笑了。

出社會過了四年。

我也二十七歲了。在那之後公司又招了一些新人，我也以前輩身分很努力地工作。

開始獨居生活的這個家，也住了四年。這房子很不錯，沒有什麼硬要搬家的理由。

我也交了女朋友。

是一位前輩女設計師介紹的，其實是我被帶去聯誼時認識的女孩。她是前輩的高中學妹，小我一歲。

她在百貨公司工作，現在在販促部門，負責事務工作。她說以後想要開一間自己的店，是個非常活潑開朗的女孩。老實說，我這個人安靜內向，也不是特別開朗，自從有她在身邊開始常常拉著我往外跑，我覺得很感謝，也很有趣。

我們已經交往超過兩年半。

本來不覺得能持續這麼久，看來我們兩個真的挺合得來。沒有大吵過，也很少對對方感到厭煩。

我開始覺得有對方在身邊是件理所當然的事，各自到了二十七、二十六這個年齡，也覺得好像應該為未來做打算了。

我知道可能還早啦。不是說特別急還是什麼的，我也知道必須雙方都好好思考、確認。

當然，她偶爾也會到我家，有時會過夜，她也知道我每天會用釜煮飯，會帶便當也會回家煮晚餐吃。她並不覺得我這樣很奇怪，反而覺得佩服我，後來還說她也想挑戰自己用釜煮飯，來過夜會幫忙煮飯，也會替我做些常備菜。

老釜也很開心，『果然還是女孩的手好！』

不用上班的星期六。

今夜晚上女友優美來我家。

我們一起用釜煮了飯吃，整理完後一起玩 Wii U 遊戲。她當時說無論如何都很想玩，所以我們一起買下。

認識我之後她整個人迷上玩遊戲，明明玩得不怎麼樣，卻相當沉迷。不過玩動作遊戲時她會全身跟著一起動，根本過不了關。我總是苦笑著在旁邊看著她，心想，怎麼會玩得這麼爛。

我覺得兩個人一起生活似乎比較好。

可以節省房租非常經濟。但是我又想，要一起住的話，是不是乾脆結婚比較好？

本來想跟她商量，但是等等等等。

如果她真的也覺得結婚比較好，那這就成了求婚，對女孩子來說應該是很重要的大事吧，而我竟然用這種商量的形式不清不楚地帶過，這樣行嗎？

腦子裡想著這些事時，看到她再次玩到全滅整個人很沮喪，我忍不住笑了。手機響起。

是爸爸打來的。

「真稀奇，是我爸。」

「你爸！」

不知為什麼，優美突然坐得直挺挺，我笑著接了電話。

「喂？爸？」

（欸，怎麼樣？還好嗎？）

「很好啊。怎麼了嗎？」

（你現在在家嗎？）

「對啊。」

我總覺得有些奇怪。爸爸聲音的感覺跟平時不太一樣。

（抱歉，方便打擾一下嗎？我有話跟你說，其實我已經到你家附近的車站了。）

「現在？」

我看看優美。優美瞪圓了眼，臉上寫著「什麼？」。我猶豫了一瞬間，還是決定老實說。

「我女朋友來了，你不覺得不方便的話可以啊。」

他頓了幾秒鐘。我覺得爸爸好像在電話那一頭笑了。

（這樣啊。我無所謂，你問問她方不方便吧。）

「什麼事？」

爸說，媽生病了。

「啊？」

爸說，這個話題可能會有點凝重。如果她願意一起聽那非常感激，但如果覺得還沒到這種關係，那很抱歉，只好請她今天先回去，或者請她先到附近咖啡廳之類的地方等一下，我們不會聊太久。

我媽？

生病了？

優美說，如果我不排斥，她想要一起聽。我回答她，當然不會排斥，於是我們兩人一起等爸爸過來。

自從之前幫我搬家之後，爸還是第一次進我家，他顯得有點難為情又有些開心地跟優美打招呼。

爸爸笑著說，這是我第一次向他介紹自己的女朋友。我也老大不小了，沒有回他什麼「你別多嘴啦」，只是告訴爸之後會再找機會好好正式介紹，現在我們很認真在交往，爸聽了用力點點頭。

「優美小姐。」

「是！」

爸端正地坐好。優美從爸來了之後就一直端坐著，現在更是慌亂地挺直了背。

「謝謝妳願意一起聽我們家的事。雖然可能還早，我們家這小子就多麻煩妳了。」

「哪裡！我才是！」

優美真的很慌張地低下頭，我看著她心想，原來遇到這種場面她還是會緊張的啊。

「對了，信哉。」

「嗯。」

爸爸看著我。

「你媽得了癌症。」

我已經有心理準備，所以沒有太驚訝。

「很遺憾，醫生已經宣告，大概還剩下一年的生命。」

「一年？」

一年，我從來沒有想像過。

爸爸皺起眉，點了點頭，然後深深吐出了一口氣。

「我沒告訴你媽，她現在住院檢查，應該會讓她繼續住院。」

爸告訴她是胃潰瘍之類的病。

爸爸說，希望再瞞媽一陣子。雖然希望我們去看她，但是希望我們說話要多多注意。

「照平常那樣就行了。問她還好嗎，要她別勉強自己、要好好休養，差不多這樣就行了。隨便聊兩句，然後說還有事要忙，先走嘍。大概這樣就好了。」

說完後，他看著優美。

「如果優美小姐不介意也可以一起去，剛好趁這個機會介紹一下。你媽應該也會有精神一點。」

優美看著爸爸，然後看著我，用力地點頭。

「當然願意，我去！」

爸回去後，我癱坐在房間的抱枕堆裡。

「還好嗎？」

優美坐在我身邊。

「嗯，沒事。」

嘴上這麼說，但心裡確實滿震驚的。

目前為止，活到二十七歲，我從來沒有想過「父母親的死」，竟然已經離我這麼近。發現自己因而動搖，我也很驚訝。優美握著我的手。

「明天我跟你一起去醫院看看吧？」

「嗯。」

心裡湧起一股暖流。

如果只有我一個人，一定會就這樣抱著冷冰冰的東西入睡，猶豫著隔天要不要去醫院吧。我可能無法在媽媽面前演好戲。我無法想像這樣的自己。

但是身邊有個人，有個很重要的人，原來可以讓心變得這麼強壯、這麼開朗，我可能現在才終於發現。

「雖然我不敢說，一定會沒事。」

優美躊躇了半晌，我點點頭，將手放在她的手上。
「我懂，謝謝妳。」
嘆了一口氣。真是的，怎麼能讓優美替我擔心呢？
我是家裡的獨生子，應該負責讓媽安心才對。
就在這時候──
『別擔心，不會有事的。』
廚房傳來了聲音。
是老釜。
「咦？」
我嚇了一跳。在我們過去二十多年的往來中，他從來沒有在跟我分開的時候開口說話。一定都是我在廚房，而且靠他很近時才會講話。
而且有別人在的時候，他向來完全不會出聲。
優美滿臉寫著驚訝，開始東張西望。
「你聽到了嗎？有個聲音說『別擔心』？」
「那個……」

我整個人慌了。媽媽生病的消息讓我心情好比被什麼重物拖著走，而現在那個抑制心情的重物因為太過慌張掉落了，我整個人反而亢奮了起來。

「剛剛那是……」

同時，長久以來深藏在我心中的疑點，也就此消失了。

剛剛優美聽到了「老釜」的聲音。她的確聽到了。也就是說，老釜這個「九十九神」並不是只存在我腦中的幻想。雖然我一直這麼告訴自己，但是這十幾年來，我心裡確實也有若干沒把握的部分。

「是那個老釜。」

「老釜？」

我拉著優美的手讓她站起來，兩人來到廚房。站在鎮座在我家瓦斯爐台的龐大老釜面前。

「老釜，我說你啊……」

『優美，我們是第一次見面吧。多多指教啊！』

優美嚇得大概跳了五十公分左右吧，差點要撞到天花板。聽說她高中是籃球隊的。

「說話了！他說話了吧？這個釜！」

「妳冷靜一點。」

『對對對，冷靜一點優美。我又不會吃了妳。』

我環著優美的肩，看著老釜對她說明過去的一切。優美第一次到我家來，看到這個釜時問過：「這是什麼？」當時我簡單地敷衍了過去，只說用這個煮飯很好吃。

老釜是曾外祖母留下來的。

我遇到老釜那天的事。

這傢伙其實是「九十九神」。

我拜託媽媽用這個釜煮飯。

還有我成長過程中一直跟這老釜說話等等。

等我說完後，優美輕輕伸手去摸了老釜。

「老釜先生？」

『不是說過了不要加「先生」嗎！叫我「老釜」就好。』

她嚇了一跳，把伸出去的手又縮了回來，但是下一個瞬間，優美的表情就像開懷大笑的顏文字一樣，呈現「＼(≧▽≦)／」這個狀態，整個人開心極了。

「太厲害了！你之前為什麼不告訴我！『九十九神』！太厲害了！」

「是、是嗎？」

看她這麼高興真是太好了。原來她會因為這種事開心啊？

「總之就是這麼回事啦。」

『多多指教啊，優美。』

「我才要請你多指教！」

「所以呢，你剛剛那句話？」

『喔。』

剛剛他說過的。

「你說別擔心，是指什麼？」

還有——

「為什麼突然開口說話？過去二十多年，明明只跟我說話的啊？」

『嗯。』

老釜只會說話。雖然我替他畫了眼睛，但是眼睛並不會有任何動作。

不過——

我總覺得這老釜在笑。也不知道算不算苦笑，總之，很接近那種笑。

『你身邊也有優美這樣值得愛惜的人。所以不用擔心，咲實不會有事的。』

就在他說完這句話的下一個瞬間——

聲音響遍整個房間。

明明是很大的聲響，卻一點也不覺得刺耳。

是一種很乾燥、有東西破掉的聲音。

聲音從哪裡發出來的？我完全想不到，那響徹整個空間的聲音。

接著，是另一個沉鈍鈍的聲音。

有東西掉落在地的聲音。

瓦斯爐台上的老釜。

掉在地上。

已經裂成兩半。

「老釜！」

我忍不住大叫。

他真的完整一分為二，幾乎叫人難以相信。

「你！」

我將他拿起來。鐵釜已經變冷，裂口稍微有些不平整，但真的幾乎縱向裂成兩半。

「老釜？」

我手上拿著其中一半的釜，叫著他。但他沒有回答。

「喂，老釜。」

「老釜先生？」

優美也拿著另一半叫他，一樣沒有回應。

我直覺他不會回答。

可能以後都不會回答了。

再也不會。

我不知道該怎麼形容，老釜這個「九十九神」消失，現在眼前這一個老舊的釜。因為太老舊，一定是因為金屬疲勞才出現了裂痕，現在終於到了極限，破掉了。

「老釜……」

你去哪裡了呢？

☆

媽的病治好了。

癌細胞消失了。

是真的。她住院再次檢查時醫生說的。「身為醫生我其實不應該這麼說，但真的很不可思議。」醫生還說，雖然是件值得高興的事，但是很抱歉，我們完全查不出原因。

之後為了確保沒事，媽又住院了一陣子，檢查許多次，但是再怎麼檢查都找不到癌細胞。於是我們就這樣瞞著媽真相，等她病好了後出院。我跟爸只覺得太好了，兩人約定好，不讓媽知道本來有癌細胞、後來神秘消失這件事。

我覺得，一定是老釜那個「九十九神」幫了媽。

優美也贊成我的意見。

除此之外沒有其他可能。

當時老釜的確對我們說了：『別擔心，不會有事的。』說完後突然碎裂，他就這樣消失了。

然後媽的病就治好了。

「一定是老釜先生治好了媽的病。」

「嗯。」

我覺得一定是這樣。

那傢伙從曾外祖母時就在我們家，也跟外婆相處過。他還知道媽媽出生時的事。

他一直不斷不斷地守護著我們這個家。

還有我。

「他一定變成守護神了吧。」

再怎麼找，都沒找到跟「九十九神」相關的傳承，但我跟優美都接受了這個說法。

我們找到一間鑄造工廠，請他們將裂成兩半的老釜修好。最後沒能修到很完美，可以看到明顯的接縫，不過已經能用來煮飯了。

我覺得他可能還會說話，試著煮了好幾次飯。

但是老釜再也沒開口過。

「九十九神」並沒有回來。

一年半後，我跟優美結婚了。

我們搬到一間適合兩個人同居更大的房子，家裡用的道具也沿用兩個人之前用過的，或者再添購新的。

我們在廚房裡買了一個高至天花板的組裝式層架，把老釜放在最上面。

買了一塊漂亮的紫色袱紗蓋在上面，避免生灰塵。

也希望這樣看起來有點神壇的氣氛。我相信，他一定會好好照看我們兩個人的生活。

兩年後。

我跟優美的孩子出生了。是個女孩。

孩子命名叫美久。我爸媽還有優美的爸媽當然都很高興，把我們的幸福也視為自己的幸福，替我們開心。我深切地感覺到，我們就是這樣漸漸變成一家人的。

優美跟美久出院後，我們第一次一家三口待在家裡。

優美正準備煮晚飯，打開了電鍋開關。

平時應該發出「嗶嗶」電子聲的電鍋。

這時我們聽到的卻是：

『嗨，好久不見！』

我跟優美都嚇到跳起來。

「老釜？」

「老釜先生？」

沉默了片刻。

『我想說不能讓用釜煮飯的時間影響你們帶孩子，所以這次我搬到這邊來了，多多指教啊。這樣是不是很方便？』

方便。

竟然還可以這樣？

神明可以這樣跳來跳去的嗎？

優美和我互看一眼，笑了起來。

我懷中的美久也笑了。

福神的幸福

原來如此。

我腦中不斷高速運轉，思考著目前的狀況，最後終於停了下來。

事情就是這樣吧？

現在只要我一個人揹黑鍋認錯，就不會有人受傷。來到法國，新計畫還沒有正式開始。這是我部門負責的新工作。

原本負責經手這個案子的就是我。比方說決定在當地錄用的臨時員工等等，責任都在我身上，跟人低個頭根本不算什麼。

但這次很明顯是對方的錯。

展示會的事前準備屬於對方的工作範疇。我們只要依照交代把所有東西備齊交接好，在現場確認作業狀況，就結束了。當然也會負責事後協助，包括如何指揮我們帶來還不適應當地環境的人，東西如何設置等等這些指導也全都會做好。

但是對方竟然忘記計算三個展示攤位，而且還是大型攤位，這太不像話了吧？

我們早在確認圖面的階段就決定數量，彼此都確認之後才向日本廠商下單。

這真的是很低級而且很愚蠢的失誤。

不過光是嘴上說對方失誤了，對事情也沒有幫助。對方可能會堅持，展場裡空出三個這麼大型攤位的空間我們竟然沒發現，都是我們不好。不，他們一定會這麼說。然後目前為止雙方努力建立起的一切就全毀了。

有人、應該是下面的某個人忘了這件事，而一直到現在，來到最後確認階段才發現，我相信對方一定也很焦急。這麼大的展示會想必會由多人共同負責，由於無法綜觀全局才會發生這種錯誤。當然，這並不是常有的事。

在對方開口之前，就由我先說吧。只要我把一切攬到自己身上就行了吧？

只要我揹上這個黑鍋。

『很抱歉，都是我疏於確認造成的疏失。』

『坂崎。』

『真的非常抱歉。』

是嗎？對方高層看看自己的員工。員工完全無法掌握現在事情的走向，一個個皺起眉，偏頭不解。

『不，現在坂崎跟我們道歉也無濟於事啊。』

不是嗎？對方說。確實，大概只有在日本可以靠道歉展現誠意來收場，但這裡是法國，事情沒這麼簡單。

『現在也沒辦法了，我們確認一下交期會晚多久，先用其他東西頂一下攤位的空間，讓展示會開始。接著等東西送到了再替換吧。』

對方說這樣做雖然不好看，但也只有這個方法了。

『不。』

我抬起頭。

『不能延遲。』

『不能延遲？』

『沒錯。』

『什麼意思？就算現在下單從日本空運過來，也……』

『不從日本運來，我們從當地調度。』

『當地？在這裡？』

對方瞪大了眼睛。沒錯。日本產品要怎麼在法國這裡找到呢？

『我已經找好能做出相同東西的廠商了。其實我已經事先聯絡過對方，原本是心想萬一東西破損需要修理時有個備案，到時可能會需要這樣的廠商。』

『他們做得出來嗎？』

『可以。』

雖說是特殊形狀的燈具，但是只要有模型理應做得出來。

『模型我也帶來了。材料改用一般使用的材料沒有太大問題。產品確認方面我在日本上過課，沒有問題。』

喔喔！眾人一片歡聲。大家的表情都放鬆了一些。別小看我，這種程度的狀況我早就設想到了。

『還剩下兩天，比起從日本空運，很明顯直接在當地製作快得多，要是出了什麼狀況也可以馬上因應。』

再來我該思考的，就只剩下計算該付給法國廠商的費用這個問題了。

「真是謝謝妳啊。」

當地協調人上島先生微笑地對我伸出手。

「這一切都要感謝坂崎小姐腦子動得快。」

「不，這沒什麼。」

「但是這次坂崎小姐您的立場……」

上島先生顯得很替我擔心，我笑著輕輕擺了擺手。

「反正也不可能更糟了。死不了人，放心吧。」

黃昏時分，巴黎街角的咖啡廳。

兩人小小地慶祝了一番。

如果是在電影裡，這一幕可能會是什麼浪漫故事的開始，但很遺憾，上島先生已經結婚也有孩子了，更重要的是，抱歉，他不是我喜歡的類型。

「雖然死不了，但應該會被減薪或降級吧？畢竟帶來了不小的損失。」

「應該不會帶來太大損失。」

應該，不會。雖然重新請當地廠商製作了三個攤位用的燈具，但是這些費用原本就包含在預算裡，屬於法方應負擔的部分。我們可能損失的就是三個攤位的製作費用。
大約是我三個月的薪水。
「我想帳面上應該是沒問題的。」
頂多就是我肚子痛一點。
「其他人都可以皆大歡喜。」
對，除了我以外的人都很開心。
搞錯攤位數量這個沒有人想像得到的失誤，到最後犯錯的人並沒有被追究，心裡一定覺得很幸運。法國公司能順利開展，預算照舊，並不需要負擔新增費用。我事先找到的法國廠商天外飛來一筆訂單，公司獲利增加，而且今後還多了一個新客戶，一定也很高興。
也就是說，只要我一個人抽走爛籤，大家都可以獲得幸福。
「不要緊，這是常有的事。」
回國後過了一星期。
工作接二連三地湧來。在這種不景氣的狀況下，不能坐等工作上門，必須主動出擊才能維持公司營運。連我這種下層小主管都已經有這種根深蒂固的意識，所以可沒有閒工夫一直糾結在小問題上。

等到那件事的記憶漸漸淡薄，我才面臨到公司的事後處置。

「坂崎。」

「是。」

上司三宅部長結束會議回來，對我招了招手。

「到第二會議室來。」

「馬上。」

我輕輕吐了口氣，將螢幕上的資料儲存後關上。嗯。自己對自己點了點頭後站起來，跟在快步走向第二會議室的三宅部長身後。

果然不出所料。

「這也沒辦法。」

上司三宅部長一邊拉上會議室面對辦公區那扇窗的百葉窗簾一邊這麼說。當他說話不看我的時候，多半沒什麼好事。現在外面的大家一定在想：

「坂崎小姐又要被罵了嗎？」

三宅部長慢慢回座，坐在黑色椅子上。

「上次法國展示會那件事。」

「是。」

我心裡很清楚。

「就算是對方的失誤，就結論來說，也是因為妳疏於確認導致公司利益受損。」

「是的。」

三宅部長翻了翻報告書和結算資料，嘆了口氣。

「不過這也不是妳的錯。」

就是啊。我沒說出這句話。只是緊咬著唇低下頭。

「雖然說淨利只有兩百四十萬，現在這種景氣丟掉這麼多利潤，都是因為妳為了因應可能的狀況，進行了超乎必要的周全考量。」

「是。」

沒有錯。我為了因應萬一事先在法國找好管道，這完全出於我自己的判斷，並沒有跟公司報告。假如什麼意外都沒發生，這會被視為很完善的備案。假如不拜託那間公司，依照對方所說延遲三個攤位的完成時間，再從日本把東西空運過去，那麼我們公司就可以確保原有的利潤。

失誤確實出於對方。真要追究起來，絕對不會是我們公司的責任。就算兩間公司的關係稍微會受到影響，但這部分畢竟在商言商，總有辦法因應。

也就是說，我完美解決問題的方法導致我們公司蒙受了損失。

「到頭來就是妳做得太多了。還有人說妳是不是急著搶功，缺乏預測事情走向的能力。」

我也只能點頭。

「這次公司下了減薪處分。」

「是嗎。」

「未來半年，減薪兩成。」

「是。」

「我已經很努力爭取了，畢竟妳一點都沒有過失。」

「謝謝您。」

我知道。三宅部長總是把我的失誤視為自己身為上司的責任，一起攬下。

這也沒辦法。我要是確實確認過，公司就能確保利潤了。「嗯。」部長點點頭，向我微笑。

「下次啊，下次要加油。」

回到自己桌前，加奈子替我端了杯咖啡過來。

「辛苦了。」

「謝啦。」

她小聲地問：「沒事吧？」沒事啦。我才不會因為這種事情沮喪。

我的第一助手加奈子，我們很談得來，她工作又能幹，是我很好的搭檔。

「下班要不要去喝一杯？」

加奈子咧嘴一笑，做出倒日本酒的姿勢，看起來簡直像個大叔。

「那就來一杯吧。」

我們來到老地方「洛克威爾」。

這邊的西班牙菜很好吃，酒的種類也不少，在這裡可以盡情聊天，也可以盡情胡鬧，不會覺得寂寞。酒吧老闆田口先生以前也待過我們公司，會給我們各種招待。

「不過前輩，」

「嗯？」

加奈子欲言又止，顯得很猶豫。

「怎麼了？」

嗯。她點了頭，還在猶豫。

「有什麼話想說就說啊，藏在心裡不好的。」

加奈子看著我，下定決心般再次點點頭。

「是三宅部長啦。」

「部長？」

部長怎麼了？

「我一直很猶豫，不知道該不該跟妳說。」

「喔，什麼什麼？」

本來以為只是喝了酒胡言亂語，但加奈子的表情相當嚴肅。

「部長他怎麼了？」

「妳知道我叔叔是第三室的山田室長吧？」

「當然知道啊。」

加奈子是走後門、靠關係進公司的。但這都無所謂。她考試成績優秀、個性好，工作也很能幹。大部分的人甚至都說，靠關係進公司這一點反而成為她的絆腳石。

下一任組長，也就是接替我工作的我想一定是加奈子。

「叔叔之前說過，三宅部長利用妳利用得太過頭了。」

「利用？」

對啊！加奈子用力地點頭。

「其實妳已經有過好幾次可以升課長的機會，都是他說『還不到時候』，擋了下來。」

「喔？」

這我還是第一次聽說。

「這是怎麼回事？」

加奈子滿臉怒容。

「大家都知道前輩很能幹。可是部長卻把前輩的功勞當作自己的。」

「這是……」

是理所當然的事啊，畢竟我是聽命於三宅部長行動的。

「部下的功勞是上司的，相對地，部下的失誤也是上司的。公司就是這樣運作的。」

「不是！部長一直在扭曲妳的形象。」

「扭曲形象？」

加奈子緊握著拳。

「叔叔說過，他在會議上聽到的前輩印象跟我說的前輩印象差太多了，所以我到處打聽。結果發現是部長在會議上的報告故意破壞前輩形象，讓大家以為妳雖然工作能幹，但是個性有問題。」

「為什麼？」

「還能為什麼？當然是為了把妳的功勞都當成自己的、讓自己盡快出人頭地啊。那個人只是在利用妳而已。我這樣說可能不太好聽，但是我覺得他現在一直壓榨妳，等到自己出人頭地以後一定會拋棄妳的。」

「怎麼可能呢？」
「我都聽到了！」
聽到了什麼？
「這次改組後部長應該會升上去當室長，這是破例的快速升職。全都是因為他把前輩的功勞當成自己的向上面報告。他說都是因為自己優秀，部下才能替公司爭取這麼多利潤。」
「不會吧！」
加奈子「咚！」的拍了一下桌子。啊，這孩子喝醉了。
「通常部長如果往上升，照理來說前輩妳也會自動升職。接下來可能是課長，再糟也有課長助理。可是叔叔說，妳一定會維持科長待遇。為什麼呢？因為妳如果當上課長助理，就不能受他控制了。」
那個人他、部長他……加奈子帶著哭腔說。
「他打算把前輩妳的能力吸得一乾二淨才罷休！」
雖然是自己姪女，但是把不能對外公開的資訊透漏給其他部門的人，這個山田室長也有點問題啊。

可是……

聽她這麼一說，確實有許多可疑的事一一掠過腦中。不會吧？

我本來告訴自己不要多想，但是現在原本我告訴自己「不可能」的事，全部浮現出來了。那件事、這件事，當時的一切，原來全部都是為了把責任推到我身上，讓部長自己能夠全身而退。

原來這就是他的企圖。

其實這次的事情大可當作賣個人情給對方公司。沒有一個企業會不去追究這類過失。一經調查對方就會知道，其實全部是自己公司的過失，但坂崎卻幫我們解決得乾乾淨淨。

沒錯，實際上現場第一線的人都有這個認知，我也收到對方的道謝信，說他們高層也很感謝我，還說會好好跟我們公司交代這件事。也就是說，這些事其實三宅部長都知道，但是……

但是他卻……

人生到底是什麼呢？

我把醉得一塌糊塗的加奈子送回家，一路送到她房間裡讓她躺上床。那孩子有好好卸妝嗎？

回到獨居公寓，信箱裡有一只白色信封。我有種不好的預感，決定進房間之前先別看寄件人。

丟下包包、換掉套裝，趁著卸妝時泡咖啡、放熱水。

「呼～」

換好家居服後坐在沙發上。

白色信封放在桌上。我輕輕伸手取過，看了看背後寄信人的名字。

「果然……」

又來了。

這已經是我人生中第三次了。

我被論及婚嫁的人甩了，前男友跟我朋友在一起，還結婚了。

而且這三次我都收到了婚禮邀請卡。

「所以我說啊……」

拿著四方形信封，我嘆了口氣。你們到底是怎麼看待我的？沒錯，我們確實是朋友，確實沒錯。我本來就知道這一點，也輾轉聽說你們可能要結婚的消息，是沒錯。

啊，抱歉。

明明告訴自己不要這樣想，但是剛剛那件事好像讓我現在整個人心靈變得很脆弱。

抱歉啊，小奈、俊則。你們很適合彼此。

「就是啊。」

我打起精神，手撐在桌上喊了聲「嘿咻！」站起來。唉，怎麼又喊「嘿咻」了呢。不能這樣，不可以不可以。

女人三十歲，確實已經過了青春正盛的時期。進了嚮往的商社工作八年，有幸成為專案負責人，工作上手，也有了自己的部下。

同時也很累。在這種不景氣之下，我時時在思考如何替公司創造獲利，並且能給這個世界上的人帶來美好的服務。

我知道只看金錢的人生太庸俗，我也很清楚，單講人情無法成事。

我知道自己被包圍在一群不惜把別人踩在腳底下、只顧著自己往上爬的人當中。我更了解，要是不這樣就無法存活在這個世界上。

我很累。

很多方面的累，身體和心理都是。

所以連站起身時都得喊一聲「嘿咻」。

「還是養隻貓吧～」

單身獨居又養貓。都市傳說裡有一說，這種女人表示她放棄了婚姻。

不不不，我才沒有放棄。就算我前男友跟我最要好的朋友結婚，就算已經有三組人都是這樣，我還是不放棄。

但我還是會忍不住祝福對方。

如果真去了，我會由衷祝福。

我不會怨恨，也不會羨慕。我會發自內心覺得，太好了，這兩個人能結婚真是天作之合。希望你們百年好合、永遠幸福。

「真是個超弩級的大好人～」

忍不住要誇誇我自己。

我確實不是美女，這點我承認。不是我自戀，但我長得也不算醜。大概算中等程度吧，嗯。雖然不是走在路上會吸引每個人回頭的女人，但是去聯誼的話大概是第三搶手。大家都說我長得很討喜，像小松鼠一樣。假如要用動物來比喻確實很像松鼠。

回想學生時代，好像真的都扮演這種角色。男朋友老是被自己的朋友搶走。說搶走好像也不太對，畢竟對方並沒有同時腳踏兩條船。

也不知為什麼，跟我交往的男人最後都會離開我。我們不會撕破臉，而是雙方都同意的和平分手。但是他們馬上會跟我很要好的女性朋友在一起。這三組人幾乎像約好了一樣，都是在跟我分手後覺得孤單時剛好遇見我的女性朋友，彼此尷尬地問候一句：「還好嗎？」

過程如出一轍。

接著兩人開始自然而然地見面、喜歡上彼此，最後我的女性朋友會來找我，跟我說：「對不起啊。」

沒錯。回想起來每次都是這樣。認清自己注定扮演這種角色，或許也就能死心了。

不只戀愛，工作上也是。

「怎麼連部長都……」

我本來很相信他的。

而且其實，我還有一點點，喜歡他。

以一個男人來說的喜歡。當然我知道他有妻兒，絕對沒有讓對方看出我的好感。

不過，看來他應該會因為我的關係出人頭地吧。部長會憑著我的力量獲得幸福。

「只要我一個人抽到爛籤就行了。」

不只是戀愛，在工作上也是這樣。

我就是生在這種宿命的星星下。

「星星……」

我打開落地窗，走到陽台上。

「看……」

剛剛才發現今天晚上的星星很漂亮。靠在陽台欄杆上仰望星空。維持這個姿勢，說不定眼淚就會在臉頰上風乾。

但我還是低了頭。

望向陽台下的中庭。

然後眼淚就滴落了。

滴落的眼淚畫出一條直線，落在中庭鋪了地磚的步道上。

尋死也太蠢了。

我是這麼想的。

我想起來了。我記得叫阿部吧？那個高中同學。死了，自殺了。之前大家還無端猜想會不會是受到霸凌，結果原因是失戀呢。

當時去參加喪禮時我們都哭了。確實啦，大家本來感情並沒有那麼好，甚至可以說幾乎沒說過話，可是大家還是哭濕了手帕，哀嘆說人怎麼就這樣走了，實在好難過。

但我當時其實心裡在想。

尋死真蠢。

活在這個世界上明明有那麼多愉快的事，我們現在還小，將來可能有很多有趣的事在等著我們啊。

阿部，對不起。

我跟妳道歉。

活在這個世界上真是一點意思都沒有。

我如果去了那邊，能見到妳嗎？

如果見得到，我會跟妳道歉的，我們聊聊吧。

妳還記得一點點以前的事吧？文化祭時我們分到了同一組，記得嗎？

這房子陽台很大，剛好面對中庭，當初是因為這樣才租下的，沒想到會在這種時候派上用場。

從這裡跳下去，就不會給別人添麻煩了。

啊，不過同一棟公寓的人可能會覺得不舒服，還是等於給大家添了麻煩吧？

應該沒關係吧？

已經無所謂了吧。

我都已經遭遇了這麼多不幸，人生的最後，就換我給別人添點麻煩吧。

再見了，人生。

憑我的體力，要越過這種高度的欄杆還算簡單。

「咦？」

我站在中庭。

「咦？」

仰頭望去，看見了我家陽台。燈還亮著。我剛剛應該從那裡跳了下來吧？從八樓的陽台那裡。

「為什麼會站在這裡？」

身體一點也不痛，而且不知道為什麼腳上還穿著鞋。本來應該穿著家居服，不知什麼時候披上了連帽外套。

看起來就像有衣服從陽台掉下來、下樓來找一樣。

「還問為什麼。」

「誰！」

我跳了起來。背後突然傳來一個聲音，而且還離得很近。我忍不住往前快跑了幾步，拉開了距離後才回頭看那個男人。

「啊——」

死神。

「你為什麼會在這裡？」

「所以妳怎麼一直問為什麼呢？妳這個健忘症就不能想辦法治治嗎？」

「健忘症？」

今天的死神身穿深藍色的三件式西裝，他身材好，看起來非常適合他，不知道的人還以為是哪來的好萊塢明星。這麼個好男人，真是可惜了。

死神長這麼帥幹嘛呢？

咦？

我為什麼知道這個男人是『死神』？

而且，『死神』……

這什麼意思？

死神看著我的臉，重重嘆了一口氣。

「看來妳還沒想起來。」

「想起什麼？」

「想起妳是『福神』啊。」

「『福神』？」

對啊。死神點點頭。

「把幸福帶給妳身邊的人，賜予他們幸福未來的『福神』。妳並沒有失戀或者搞砸工作，妳把幸福的結婚帶來給朋友，把工作的成功帶給同事。雖然自己可能因此吃點虧，但這就是妳存在的意義。」

死神盯著我瞪大眼睛的臉。

「想起來了嗎？這已經是妳第七次自殺了。不管怎麼樣妳都死不了，我每次都像這樣被叫出來，拜託妳也考慮考慮我的立場。」

「死神。」

「對。」

「怎麼辦，我想起來了。」

沒錯，我是『福神』。

我愈是不幸，周圍的人就會愈幸福。

這本來應該是我的幸福，看到身邊的人獲得幸福，我應該高興才對。也不知從什麼時候開始，我偶爾會忘記自己的使命，成為一個反覆哀嘆自己不幸的女人，最後還搞到自殺。

我明明死不成。

我可是神明啊。

「死神？」

「什麼事？」

「每次都麻煩你，真不好意思啊。」

死神一反剛剛板著的臉孔，換上笑臉。那甜美的微笑要是女警看了都會馬上撕掉剛開好的違規停車罰單吧。

「神」為什麼要讓這種男人扮演死神角色呢？他不是更適合當「福神」嗎？

「好像只有你可以隨時隨地到任何地方呢。」

「不要緊啦，妳想起來就好。看來妳這個狀態應該還可以維持一陣子吧？」

嗯，沒事的。

只要我不要又忘記自己的立場。

「最近有見到誰嗎？」

見到了同樣是神明的夥伴嗎？

「我之前見到了另一位『福神』喔。」

「啊，是近藤先生吧？上次我見到他時他還叫這個名字。」

「是啊，他看起來過得很不錯。」

「福神」的人數不少，全部都稱為「福神」，只要腦中想到那個人，我們多半都能知道對方指的是誰，所以我也馬上就知道現在死神心裡想的「福神」是誰。

「對了，為什麼每次都是你來？不是其他『死神』？」

死神也有很多人啊。

誰知道呢。他苦笑著。

「反正我就是被召喚來了。我想應該是每個人有每個人的負責區域，之類的吧？就像『窮神』，我常常見到的也只有一個。」

喔喔，他啊。之前好像叫大庭吧？想想也確實是這樣。

「喂，死神？」

「是，怎麼了？」

「我明明是神，為什麼偶爾會像這樣犯健忘症呢？」

死神聳聳肩。

「我怎麼會知道。」

「也對。」

我都不知道了，你怎麼會知道。

「不過——」

「不過？」

他輕嘆了一口氣。

「可能是因為跟人類相處了這麼長時間，我們神明也多少沾染了一些人味吧？」

「人味？」

對啊。死神點點頭。

「人會絕望，會喪失希望。這種時候有人會選擇自殺。其實就算不這麼做，總有一天壽命將盡、終究會死啊。但這或許是人類的業障吧。妳之所以會做出自殺這種很有人味的事，可能是因為妳所在的地方比別人多了更多這些磨難吧。」

對。我總是會待在可能變得不幸的人身邊，雖然我可以把幸福帶給這些人，但遺憾的是，我不可能拯救所有人。

「或許是這樣吧。」

死神只會出現在有死亡的場景，他跟我、窮神或者瘟神不同。我們總是身處於人類當中，跟人一起生活。可能因此受到了人類的影響吧。

「真是沒用。」

說著，死神苦笑了一聲。

「其實我們本來就很沒用。雖然說是神，可是我們連自己的存在、工作、將來，都無法自由決定。就這一點來說……」

死神稍微仰起頭，環視這棟公寓。

這裡住著各式各樣的人，充滿人的生活。

「人類真好。很厲害不是嗎？只要有心，什麼都辦得到。」

「嗯，對啊。」

我們不會死，而人類隨時都可能死亡。就這方面來看，人類確實是脆弱的生物，可是也擁有相應的自由。

什麼都辦得到。

有很多人已經發現到這種自由，但是也依然有人把一切歸咎給別人或者時代，採取自殺等等各種愚蠢的解決方式。

「之前『道祖神』說過——」

「他說什麼？」

「他說如果沒有人類我們就不會存在。假如人類就這樣減少、漸漸滅亡，那我們不知道會怎麼樣？」

「這……」

不要緊的。

道祖神年紀都那麼大了，怎麼還說這種喪氣話？

除非發生什麼天翻地覆的改變，地球因此消失，或者所有生物都滅絕，要不然人類是不會從這個世界消失的。

即使發生悲劇般的重大災害，或者人類再次發動世界大戰這種愚行，再怎麼絕望、跌落再深的深淵，人類這種生物還是具備了重新爬起來的力量。

這個世界上還是有很多願意再次面朝希望之光，想打造更好國家的人。

擁有生存的力量。

人類就是這種生物。

而我們神的存在，就是為了在旁邊稍微幫一點忙。

這個國家有很多像我這樣的神。

咦？

「怎麼了？」

對了，我想起來了。

「死神？」

「嗯。」

「我聽說你消失了？」

對了對了，聽說他曾經突然消失。這種事應該不可能發生，不、應該說從沒聽過有這種事發生。

大家都說起這件事。窮神、福神、瘟神，對，還有九十九神和道祖神也都說過。

「你消失了嗎？」

死神又露出那甜美笑容。假如我是一般的人類女性，一定不想離開你身邊。

「我又回來了。」

回來？

「也就是說你真的消失過？所以那件事是真的？」

是真的啊。他聳聳肩。

「本來以為我可以自此從這個世界消失，身為死神的使命結束了，也不知道為什麼又回來了。」

說著，他抬頭看著夜空。我現在才發現，中庭正上方高掛著一輪很漂亮的月亮。

「本來以為我自己都理解了，看來死神的使命比我想的還要深奧，之前我都沒發現。這讓我再次體認到自己的膚淺，真是的，我還差得遠呢。」

「差得遠？」

差什麼？死神聽了又盯著我看，然後噗哧一笑。啊，這種笑法真的太甜太性感了。『神』為什麼要這樣浪費這麼一個好男人呢？

不過，死神——

你……

「消失了一次之後，是不是領悟了什麼？」

苦笑。

「要了解如何在這個世界上共生，也沒那麼容易吧。」

「共生？」

「對啊。」

沒錯。他點點頭。

「一切所有都是共生的存在，不管是人是神。所有存在這個世界的東西，都沒有任何區別。」

死神的表情看來真美。雖然說他本來就長得好看。

「對了對了，有人替我取了名字呢。」

「名字？」

我有名字，現在叫坂崎真美。只要是生活在人類世界的神，每個人都會因應生活需要有自己的名字。

但死神並不需要名字，我也從來沒聽說過死神有名字。

「誰幫你取的？」

「一個女人。幫我取了非常、非常好的名字。」

死神真的笑得很開心。

彩蛋：迷路的山神

這件事不要說比較好。

也不知道為什麼，我馬上出現了這個念頭，總覺得有人在我腦袋裡說，這樣比較好。

裝在山頂展望台的即時影像監視器拍下照片後，會上傳到網站上。每天在報時的那一刻會一起按下快門，這些照片立刻上傳到山林管理事務所的網站。所以每天網站上會有二十四張照片，白天的照片幾乎都會拍到很多登山客。

大家都知道即時影像監視器會在報時的同時拍照，然後上傳網站，所以都會面對相機擺起姿勢上鏡。

一開始這麼做是為了登山客，方便大家知道天氣變化多端的山頂展望台現在是什麼狀況，但現在幾乎變成為了拍攝紀念照的人而有的服務。說是紀念照，但其實也不會留在自己手邊，只是上傳到網站而已。

儘管如此，還是可以讓住在遠方的人看到自己，比方說有些爺爺奶奶可以在這裡看到自己的孫兒登上展望台的照片。

標高一千公尺左右的丸富山。

這是我們鎮上最高的一座山，有地面纜車，山頂有展望台和商店，小學遠足大家都一定會來爬丸富山。爸媽都說他們小時候也爬過。只要是住在這個鎮上的人，幾乎一定都爬過這座山。

那張照片是深夜裡拍到的照片。

大半夜約一點時，拍下的照片。

當然，照片上一片漆黑，隱約可以看到展望台另一端的街區夜景，其他幾乎什麼都看不見。幾乎全黑的照片。儘管是這樣的照片，自動即時影像監視器依然每天按照規律準時拍攝。

但我卻看到了。

照片上的女孩。

跟我一起看網站的同學也看到了同一張照片，但是卻沒有人表示任何意見。

應該說，大家根本沒注意到。只聽到不知誰說了一句「半夜的照片果然什麼都拍不到呢」。為什麼沒人發現照片上有個女孩呢？

只有我，看得到她。

上中學之後我編入三班，導師是新來的吉塚老師，一位年輕男老師。

吉塚老師說自己是個才二十五歲的年輕人。二十五歲的確還很年輕啦。他雖然稱不上帥，但整個人感覺很爽朗，是個超級開朗陽光的老師。

他大學加入山岳登山社，聽說當時經常在爬山，現在也經常會去山裡，所以他邀我們，如果有興趣要不要跟他一起去爬山。

他說沒有要成立登山社，這大概就像同好會一樣，假日一起到附近山裡走走這種感覺。而且也不是正式登山，我們鎮上四面環山，有很多外行人一樣能輕鬆爬上去的山。光是已經有完善登山道的山就有十二座，一個月一座就得花上一年。

「我想一開始就先從大家都很熟悉的『丸富山』開始。如果不搭地面纜車直接走登山路，爬起來也還滿有感覺的，是一座不錯的山呢。」

於是我們幾個有興趣的人放學後會留下來，一起用學校電腦看「丸富山」展望台的照片。

聚在一起的是還沒有決定要加入什麼社團的六個同學。碰巧就讀同一所小學的各有兩個人，男女比也剛好一半。

跟我同樣讀M小的篠塚，我們小學沒有同班過，幾乎算不認識。但光是上同一所小學，就莫名有種安心感。

「不管小孩大人，大家都會比Ya耶。」

篠塚看著照片這麼說。確實沒錯，但也不只是Ya。真的有很多人會在鏡頭前留下自己喜歡的姿勢。

「這個人每天都來呢。」

「我家附近也有人每天來爬山。」

我們幾個剛成為同學不久的新夥伴，一邊看照片，一邊聊著這些話題。

而我發現了深夜一點時，照片裡拍到的那個女孩。

只有我看到。

我好奇地把網站上其他日子深夜拍到的照片也全部看過一遍，發現偶爾會拍到類似鹿的動物，或者半夜來爬山的人。

拍到女孩的照片並不是每天都有。時間有時是零點，有時是凌晨一點。

但確實拍到了。因為是晚上的照片，看不太清楚她穿的衣服，應該是偏淺色的衣服，而且還是裙子，是個女孩沒錯。

年紀大概是小學生左右。

（怎麼辦呢？）

我也想過會不會是拍到了鬼，但看起來完全不是那種感覺，因為拍到時的樣子她好像正在奔跑。

（鬼應該不會跑吧？）

畢竟這表示她有腳啊。

我無法假裝沒看見。

實在太好奇了。可是要深夜爬山去確認也太困難。

「怎麼，你還在看啊？」

電腦室的門打開，吉塚老師走了進來。

「老師，你也被丸富山的攝影機拍到過嗎？」

還記不得名字的一個女生問道，老師點點頭。

「拍到過很多次啊。最近一次應該是去年的九月十一日吧。」

「連日期都記得啊？」

對啊。老師笑了。

「因為爬山是我唯一的興趣，是我最喜歡的事啊。如果是最喜歡的事，你們應該也會記得很清楚吧？比方說玩遊戲得高分之類的。」

好像真的是這樣。

最喜歡的事。我突然想到一件事。

「老師？」

「什麼事？」

「你以前晚上爬過這座山嗎？」

「嗯。」老師聽了我的問題點點頭。

「你們應該也知道，這裡可以俯瞰整個小鎮，夜景很漂亮。晚上登山的人還不少。照片上應該也拍到了吧？」

「如果真的是半夜，有老師一起的話我們可以去爬嗎？」

「真的是半夜？」

老師露出不解的表情。

「一星期後說不定可以看到流星群。如果那天是晴天，半夜十二點之後爬到山上應該可以看到很清楚的流星。」

確實有這回事。

老師的興趣是登山，而我的興趣是天文觀測。

我經常用小學時爸爸買給我的望遠鏡看星星。可惜中學裡沒有天文觀測社這類社團，我正愁不知道去哪個社團才好，現在才會在這裡。

當然，條件是天氣晴朗，每個人自由參加，而且要確實獲得家長的許可。甚至爸媽也可以一起來。

於是，我們獲得了深夜天文觀測兼登山的許可。說是獲得許可，其實這個活動說穿了就是吉塚老師出於自己的興趣去爬山，而我們和父母親跟著一起去而已。

假如有正式登山鞋當然最好，沒有的話運動鞋也行。天氣預報說當天會放晴，條件相當好。要看流星群的話還需要望遠鏡和雙筒望遠鏡。

參加的有老師、我、篠塚、角田、吉野。篠塚跟吉野的爸媽也一起來。他們說既然機會難得，也想一起來看看。

所以篠塚和吉野開他們自家的車到山腳下的停車場，吉塚老師開車來接我跟角田，大家在停車場會合。

確認完大家的鞋子、防寒衣、手電筒和手套、飲料等裝備後，老師對我們說：

「那我們就請篠塚爸爸帶頭走在隊伍前面，我殿後。」

篠塚爸爸也很喜歡登山，聽說這座山他已經來過很多次。

「每個人前進時都要盯好走在自己前面的人，保持好距離。」

山路上沒有街燈，不過登山道整備得很好。天氣如同預報非常晴朗，還有月光照下來。雖然有些路段比較窄，畢竟是山裡，旁邊也可能是山崖，不過反正只有一條路可走，正常走在這條路上不用擔心迷路，也不太可能摔落山崖。

這附近已經幾十年沒有人目擊過熊出沒，但山豬倒是有人看過。老師說假如出現山豬不要驚慌，要一直緊盯著山豬的行動。如果山豬離開，就這樣繼續保持不動，假如山豬不動，那就試著悄悄往後退，自己慢慢離開。

為了以防萬一，我們都帶了驅熊的鈴鐺，老師也不斷播放著深夜的廣播節目。聽說播放出這種聲音野生動物比較不會接近。

於是我們順利地到達了山頂。

晚上爬山還挺愉快的。以前我從來沒有走進晚上的山裡，這次不但充分享受到山裡的氣氛，而且我自己也很喜歡什麼都不做、只是低著頭不斷走路這麼單純的事。

時間剛好過零點。展望台除了我們沒有其他人。

「好漂亮喔～」

大家看著鎮上夜景感嘆道。

「我們待到一點，然後大家一起到那個即時影像監視器前拍照吧。」

聽了角田的提議，大家也都覺得機會難得，紛紛點頭附和。我們喝著自己帶來的茶，還有便當。

「應該快要能看見流星群了！」

聽我這麼說，大家都各自在長凳坐下，或者攤開防水布躺下來觀察夜空。

「啊！」

有人先叫了一聲。

「是流星！」

「看到了看到了！」

在這一片歡聲中，雖然我也很想看流星群，但還是忍了下來，偷偷離開大家走向展望台。

那個女孩在嗎？她應該會出現吧？

結果還真的在。

我清清楚楚地看見了。

與其說是「看見」，展望台邊緣有一塊類似紀念碑的大石頭，其實她就站在那個一定會被看到的地方。

她踏著步，望向我們這邊。偶爾會抬頭看天空。她的表情就像正在想：那些人在幹什麼？有沒有發現我啊？

我們視線相交。

剛好對上了彼此的眼睛。

我有點驚訝，那個女孩也驚訝地大張著嘴，然後忽然換上笑臉，蹦蹦跳跳朝著我飛奔過來。

她幾乎像是撞向我一樣，撲進我的懷裡緊抱著我。
是個小女孩。
大概幼兒園，或者小學一、二年級吧。
差不多這個年紀的女孩。
她不是鬼。因為她很溫暖，有體溫。抓著我的手的那隻小手很溫暖。
「你看得見嗎？」
看得見？什麼意思？
「看得見啊。」
「快告訴我，我該去哪裡！」
去哪裡？
什麼？
咦？
這裡是哪裡？
我人不在展望台。剛剛不是還在展望台嗎？
我在一個林子、不，在一個大森林裡。剛剛這裡還有展望台，大家也都在我身邊。

現在這裡沒有人，周圍只有樹木。

我忍不住抬頭望著天空，眼前是一片夜空，剛好有流星劃過天空。

一顆、兩顆。

是流星群。

於是我冷靜了下來。許多幾乎失控的東西都頓時安靜、冷靜了下來。這裡是丸富山。沒有錯。我並沒有來到太遠的地方，只是在丸富山的森林裡走動。因為從樹隙間不是還能看見鎮上的夜景嗎？那就是我們生活的小鎮啊。

但怎麼會移動得這麼突然呢？

是因為那女孩嗎？

看來唯一的可能，就是那孩子擁有某種超能力。

我看著還緊抱著我的女孩。她仰頭看著我，臉上寫滿了相當期待的表情。

「妳是誰？」

「我是山神。」

山神？

什麼鬼？

每年新年慣例的車站接力賽裡，那些很擅長跑山路所以被暱稱為山神的人？不對吧。她叫山神應該是其他的意義吧？

我往身後的後背包伸手，拿出智慧型手機看了看，沒問題，雖然微弱，但是還有訊號。剛剛在展望台時還是滿格，看來現在這裡已經離展望台有點距離了。

為什麼會在一瞬間移動到這種地方來呢？這種問題想了也想不出答案，我決定不要在這個問題上糾結。

畢竟這孩子自稱是「山神」，那她一定具備某種神力吧。我雖然不知道有沒有這種長得像可愛小女孩的神明，但如果不這麼解釋，大半夜的這種小女孩也不可能出現在山頂上。

這孩子一定每天都在這附近晃吧。

而沒有任何人發現她。我也不知道為什麼我能看見她。

我在手機上Google了「山神」。

「嗯……」

算是一種神吧。

我知道有所謂的八百萬神，意思是這個世界上有許許多多的神存在。不是有一首歌叫做廁所之神嗎？小時候媽媽也常說，枕頭上有神，所以不可以踩上去。

所以原來山神是女性，是位女神啊。從某個角度來看天狗也是類似的存在吧？其他還有很多不同看法。我記得以前在某一部老電影裡聽過太太是「家中的山神」這種說法。

總之，這是保護山林、確保山林豐饒的神。

那她為什麼要問我「該去哪裡」呢？

「請不要慌張。」

身後突然出現一個聲音。

嚇了一跳，我轉身一看，一個男人站得離我很近，幾乎就在眼前，這讓我又嚇了一跳。

他身穿西裝。顏色看不太清楚，但應該是黑色或深藍色吧。這種叫三件式是嗎？總之就是那種西裝。

那男人親切地對我笑。

這個人長得非常帥，而且輪廓很鮮明，就像外國人一樣。

「請鎮定一點，你還好嗎？」

「嗯，我很好。」

不，其實不太好。從這裡我該怎麼回家？我該怎麼處理這個女孩？這些我都不知道，但至少現在沒有生命危險。

「那你呢？你是誰？」

山神女孩緊握著我的手，仰望那個男人問道。對，這個人長得很高。大概有一百九十公分吧。

「山神妳好，初次見面，我是死神。」

「死神？」

死神？

什麼？

不會吧？

「你是來殺我的？」

還是說不知不覺中死神已經附身在我身上，我早就已經死了？但是我一點也不痛啊？所以這裡是死後的世界嗎？

「不是的。」

自稱死神的男人露出有點悲傷的表情。

「希望你不要誤會，我們死神並不會殺人。」

「是嗎？」

「是的。不過現在這也不足為道。」

「不足為道？」

「就是不太重要的意思。」

原來如此。這個詞聽起來好難懂。

「總之你只需要知道，我們死神會出現在人死的時候。我們並不是來殺人的。人死是天命、是宿命。我們這種神的任務，就是出現在當場，確實確認人類的死亡。」

原來是負責這種工作的神。

「那……那你為什麼會出現？如果死神只有人死時才會出現，那我或者這個女孩會死掉嘍？」

「你還不會死，你會一直活到上了年紀、壽命將盡的時候。山神是神，更不會死。我來，是來幫你的。」

幫我？

有人幫我是很高興啦。

「這是死神先生的任務嗎？」

死神聽了搖搖頭。

「這本來不是我的工作。其實我會來幫你，是有原因的，但是我不能告訴你為什麼。我們先辦完正事吧。山神。」

死神先生叫了山神女孩。

「什麼事？」

「難怪妳會迷路，因為妳的住處已經不在這裡。」

「什麼？」

沒有住處。

原來神也有家啊。

「對，沒有了。妳的家『振木山』因為開發計畫的關係，五十年前就已經消失在這個鎮上了。」

振木山，我聽過。聽說是這附近一座非常小的山。我爸媽出生之前為了擴大住宅區和開發街區，把山剷平了。

原來這孩子是那裡的山神啊。

「所以妳不用再迷路了，請好好安眠休息吧。我就是來告訴妳這件事的。」

「我可以睡覺？」

「是的。」

「這樣啊。」

山神稍微嘸起嘴。然後「嗯」地一聲點了點頭。

「知道了，那掰掰嘍。」

說完的那一瞬間，她就消失了。並不是忽然不見，而是像被地面吸進去那樣消失的。

死神先生看著她，深深嘆了一口氣，表情感覺很惆悵。

「她消失了耶，這樣行嗎？」

嗯。死神先生點點頭。

「這個世界已經不再需要的神，只能沉眠了。那孩子是不小心醒來的。」

「醒來了？為什麼？」

「因為附近的丸富山這十年來變得很熱鬧。她誤以為是發生在自己山裡的事。」

「是誤會啊。」

所以……

「該不會這十年來她都一直出現在那個展望台吧？」

「沒有錯。」

「那為什麼放著她不管呢？死神先生如果早點告訴她，她就可以早一點安眠啊？」

死神先生聳聳肩，那動作就像好萊塢電影裡的明星一樣。

「那並不是我的工作。應該說，並沒有神特別職掌這種工作。」

工作、職掌。

「所以神就是這樣的組織嗎？各有自己的工作，除此之外都不管？」

「沒有錯。」

「那，那個女孩呢，山神的工作是什麼？」

聽了我的問題，死神靜靜點頭。

「如同字面上的意思，山神是住在山裡的神。如果有與這座山共同生活的人存在，山神就會給予這些人類山林的恩惠。」

「恩惠？」

「對，山所賜予的恩惠。」

「像是山菜嗎？」

死神先生稍微笑了笑。

「山菜當然也是其中的一種。」

一旦山不存在，這裡的神就只能長眠。

這麼說來，有很多這種神嘍？

不只是振木山，也不只是我們小鎮，日本一定有很多消失的山。也不只是山，比方河川，還有因為填海而改變了面貌的大海。

「那些地方也都有它們的神嗎？」

「有啊。」
死神先生大幅點著頭。
「想到『消失』，人類可能會覺得很惆悵。但是可以換個角度想，他們只是結束了任務。」
「任務……」
「這個世界上的所有東西都是這樣。之所以出現都有它的意義。存在本身就有意義。出生之後隨著時間的流動，總有一天會結束任務、進入長眠。這一點不管是人是神，都沒有什麼兩樣。」
是這樣的嗎？原來是這樣啊。
「為什麼只有我看得到那個女孩呢？」
其他人怎麼都看不見呢？死神先生聽了之後將手放在我的肩膀上。
「花井幸生。」
死神先生叫著我的名字。原來他知道我的名字啊。
「是。」
「我的名字跟你一樣，幸福的人生，叫『幸生』。」
「喔？」

相同名字。

「這麼巧？」

我忍不住想，原來死神也有名字啊。

這位死神先生、幸生先生彎起嘴角微笑。這個人長得真的很帥。一點也不像個死神。啊，不過說不定正是因為這樣才適合當死神吧？

「可能是巧合，也可能不是喔。」

至於這個問題的答案……。說到這裡，幸生先生也突然消失了。

「幸生先生？」

下次見面的時候，就是你迎接死期的時候。我只聽見聲音，是死神先生、幸生先生的聲音。

請你放心。我又聽到了聲音。我帶你回大家身邊。不知是從哪裡傳來的。

你要好好活出自己的人生喔。

等相見的時候到來，我們再好好聊聊吧。

再見了。

耳邊只聽到死神先生留下的聲音。

春日
ハルヒブンコ
文庫

126

眾神的十月
すべての神樣の十月

眾神的十月 / 小路幸也作 ; 詹慕如譯. -- 初版. -- 臺北市 : 春天出版國際文化有限公司, 2023.05
面； 公分. -- (春日文庫 ; 126)
譯自 : すべての神様の十月
ISBN 978-957-741-669-8(平裝)

861.57 112004099

ISBN 978-957-741-669-8
Printed in Taiwan

作　　者　小路幸也
譯　　者　詹慕如
總 編 輯　莊宜勳
主　　編　鍾靈

出 版 者　春天出版國際文化有限公司
地　　址　台北市大安區忠孝東路4段303號4樓之1
電　　話　02-7733-4070
傳　　真　02-7733-4069
E－mail　bookspring@bookspring.com.tw
網　　址　http://www.bookspring.com.tw
部 落 格　http://blog.pixnet.net/bookspring
郵政帳號　19705538
戶　　名　春天出版國際文化有限公司
法律顧問　蕭顯忠律師事務所
出版日期　二〇二三年五月初版

定　　價　310元

總 經 銷　楨德圖書事業有限公司
地　　址　新北市新店區中興路二段196號8樓
電　　話　02-8919-3186
傳　　真　02-8914-5524
香港總代理　一代匯集
地　　址　九龍旺角塘尾道64號 龍駒企業大廈10 B&D室
電　　話　852-2783-8102
傳　　真　852-2396-0050